COLLECTION FOLIO

Hervé Guibert

La piqûre d'amour

et autres textes

suivi de

La chair fraîche

Gallimard

Hervé Guibert est né en 1955. Il est mort à Paris en 1991.

Il est l'auteur d'une douzaine de livres parmi lesquels *La mort propagande, Des aveugles, Mes parents, L'image fantôme, À l'ami qui ne m'a pas sauvé la vie.*

*La piqûre d'amour**

La piqûre d'amour est un produit d'autant plus vicieux que l'apparence en est anodine, comme n'importe quelle chimie curative présentée en ampoule : incolore, absolument étale et transparent, sans aucune particule en suspension, sans le moindre bouillonnement, et quand l'ampoule se laisse casser en son col entre les deux doigts, nulle vapeur, nulle odeur suffocante ou simplement piquante, n'afflue par l'étroite ouverture. Respirer ce produit trop longtemps entête, mais le goûter même en s'humectant les lèvres écœure aussitôt, et sur la langue ou, pis, dégluti et s'écoulant dans le corps, il provoque d'effroyables nausées jusqu'à ce qu'un spasme veuille bien le rejeter. L'acétone est recommandé pour provoquer ce spasme, à défaut des nourritures trop riches et absorbantes, du beurre ou du chocolat en grande quantité, des pains d'épices.

* Ce texte a paru dans le numéro 36 de la revue *Minuit*, en novembre 1979. *(Note de l'éditeur.)*

Piquer ce produit sous la peau ou dans un muscle ne suscite rien, qu'un peu de désagrément : généralement le liquide ressort par le trou même où on l'a injecté, sinon il peut former de petits ganglions aqueux qui durcissent et finissent par disparaître tout à fait. C'est un liquide qu'on doit introduire directement dans le sang ou dans le cœur, à l'aide d'une longue aiguille fine auparavant trempée dans l'éther ; très fluide, il ne brûle pas.

Incolore, absolument étale et transparent, ce liquide s'obtient pourtant d'une lente distillation, de transvasages successifs et compliqués en ce qu'ils nécessitent certaines matières, porphyre, obsidiennes pour récipients, de fins tamis, auparavant nettoyés par des eaux de pluie de hautes altitudes, essuyés par des feuilles très grasses qui enduisent la pierre d'une pellicule où le liquide puisse se décanter, le choix des matières dans ces manipulations est l'effet de superstitions peut-être inutiles, s'obtient, donc, du sang mêlé de deux animaux jeunes et vigoureux, à sang chaud exclusivement, ponctionné directement dans leurs cœurs au moment de leur première union. On ne s'étendra pas sur ce procédé (qu'on a d'ailleurs longtemps dissimulé aux utilisateurs de la piqûre d'amour), car il est épouvantable : trouvant là leur premier plaisir, et comme un oubli de leur captivité et de la pénible implantation d'aiguilles dans leurs cages thoraciques reliées à un système de pompes, les deux aigles enfin lâchés sous la même coupole, les deux pumas qui se rejoignent dans la même cage, ivres de l'odeur opposée, se reniflant, se léchant, et l'un s'ouvrant enfin à l'ardeur de l'autre, en ce moment même de leurs jouissances concertées s'affaissent en une plainte infinie, lamentable, sans cri, en un ruban de sons qui déchire l'âme au-delà des tympans, plus insupportable que les ultrasons aux oreilles trop affleurantes des murènes. Si on laisse le liquide de la piqûre d'amour s'évaporer, apparaissent sur le verre, par endroits, des résidus de cristaux qui recouvrent leur incarnat originel. On dit que ce verre, monté à certaines températures, frotté par certains doigts doués de voyance ou sujets aux étincelles, peut reproduire la plainte des animaux sacrifiés.

Il ne faut pas associer la piqûre d'amour à une quelconque piqûre hallucinogène, à quelque liquide né de la desquamation d'un champignon, de la décomposition d'un alcaloïde, ou de tout suc opiacé. On ne peut s'infliger cette piqûre que seul, car en être le témoin met dans un état de jalousie trop terrible, et si deux personnes se piquent en même temps dans le même endroit, elles veulent tout à coup s'éliminer toutes deux (la présence invoquée par la piqûre dépasse toutes les affections effectives) et les corps qu'on en retire sont, comme ceux d'après un combat de coqs, entaillés de morsures et de griffes, parfois totalement énervés. Cette piqûre met simplement dans un bain binaire. D'abord elle n'endort pas, elle dépasse le bien-être, elle ne provoque aucune hallucination, elle plonge simplement, des heures durant, sans ruptures, sans pointes et sans retombées, dans une stupéfaction amoureuse. Ce n'est pas qu'un autre soit tout à coup projeté devant soi, comme par un hologramme : c'est tout à coup, en chaque endroit de la peau, une autre peau qui la recouvre, en chaque cavité une langue ou un membre qui s'y fraye, une multitude de baisers, une chaleur qui traverse incessamment le corps, comme un torrent doux incandescent, une lave aimante, soudain plus rien de son corps qui soit à soi, la peau retournée et entièrement léchée, de la bouche au rectum, plus qu'un flux charnel continu, le corps ouvert se répand, chaque excroissance simultanément moulée, gainée, aspirée par des muqueuses abstraites, comme enfermé dans une poche avec le corps invoqué, à qui on ne peut donner aucune figure précise, car il a toutes les figures. Un bonheur si absolu n'est supportable que cloué à terre, ou mieux dans un lit, car l'effet de ce liquide insufflé dans le sang ne s'arrête dans aucune jouissance, se prolonge directement dans le sommeil. Impossible ici de déceler le point d'attache entre la conscience et le rêve. Celui qui voudrait lutter, par un effort de conscience justement, contre ce passage subreptice, effrayé parce que le rêve, d'abord de la même douceur absolue, se mue lentement en cauchemar, cinglé de figures animales fulgurantes, celui-là qui veut prolonger indéfiniment la stupeur amoureuse par une seconde piqûre est alors frappé de mélancolie comme des suites d'une piqûre de tarentule, et perd la parole, perd ses ongles, perd son travail.

La piqûre d'amour, dont on a vu les aléas d'utilisation, a été quelque temps vendue, par annonces dans certaines publications, entre les réclames pour de petites pierres magiques qu'on met sur sa poitrine contre le mauvais sort, des élixirs et des dépuratifs, des ceintures herniaires et l'Eau d'ange qui fait repousser les cheveux sur les crânes les plus chauves. Les utilisateurs de la piqûre d'amour ont été dupés quand cette firme pharmaceutique s'est mise à couper, par souci d'économie, le sang de fauve ou de rapace pur avec du sang de poule. Et on a fini par l'interdire, comme on a interdit, de façon plus bénigne, il y a quelques années, les ampoules lacrymales dans les magasins de farces et attrapes, parce qu'elles provoquaient trop facilement les larmes.

(1979)

Le lanceur de couteaux

La photo, en noir et blanc, de petit format, les négatifs ayant été détruits, d'abord rayés avec la pointe d'une aiguille puis tordus dans le feu, cette photo, que je possède encore, le montre nu, étendu sur la housse de velours d'un lit haut surmonté d'un crucifix, les yeux fermés, il porte sur la tête un cotillon de légionnaire qui est la réplique exacte en papier du képi que porte son cousin sur la photographie encadrée, posée sur la table de nuit à côté de lui, de son jeune cousin envoyé par son père, le Maréchal, en Indochine, en 195.., et déchiqueté par un éclat de bombe.

Cette photo incertaine avait été prise un soir d'août 19.., le mois même où j'avais fait sa connaissance, désigné par un ami dans un bar comme lanceur de couteaux, et amant fameux de Mademoiselle B. C'était un soir où sa tante, la Maréchale, chez qui il logeait, était absente, en voyage, visitant un couvent de carmélites dans le Périgord. Le concierge était endormi, il possédait la clef de la maison dont les volets restaient nuit et jour fermés. Il avait allumé successivement toutes les lumières, et j'avais visité cet antre plein de photos héroïques, de bustes de marbre, de lustres de cristal et d'avions miniatures, ce musée jamais ouvert, dédié par son épouse au militaire décédé, et à son fils sacrifié. On disait que le Maréchal, après cette mort tragique, était devenu pédéraste et fumeur d'opium. La Maréchale était entrée, spirituellement, en religion, et elle donnait chaque semaine des goûters vietnamiens à des jeunes gens recrutés pour leur ressemblance avec son fils. A., qu'on voit sur cette photo, était d'ailleurs un sosie presque parfait de son cousin.

J'avais pris la photo dans la chambre même de la Maréchale, où proliférait l'image du fils. Comment s'était-il livré à cette mise en scène ? Quatre ans plus tard, je n'en sais toujours rien. Il ne pouvait imaginer que j'étais prêt à le faire chanter. J'ignorais encore, ce soir-là, combien je lui étais précieux, quelle convoitise pesait sur moi. En fait c'était lui qui m'avait choisi. Et il pensait pouvoir récupérer facilement ces photos, au besoin en usant de quelque violence si je me refusais à les lui rendre. Nous étions auparavant passés chez moi prendre ces cotillons qui étaient l'élément principal de la mise en scène. Et je l'avais fait boire, pensant que cela faciliterait la prise de vue, croyant aussi qu'il était le seul objet de la duperie, et que celle-ci ne pouvait être réciproque. Je le maquillai même.

Sosie presque parfait de son cousin mort en Indochine, à la différence que sa joue gauche était barrée d'une cicatrice qui contournait la narine, rafistolage d'un accident de moto. Chaque fois qu'il mangeait, dès qu'il mastiquait, sa joue se mettait à ruisseler d'une sueur fluide et abondante, qu'il essuyait d'un revers de serviette, la dissimulant avec un semblant de honte. Il expliquait ces suées par l'absence d'un nerf, sectionné durant l'opération.

Pendant un mois, presque chaque soir, nous dînâmes ensemble. Ce mois d'août était rendu vacant par l'absence de nos amis habituels. A., tout vêtu de cuir noir, me racontait ses aventures avec les prostituées, ses mésaventures plutôt car elles le fuyaient la plupart du temps en refusant son argent. Quand nous sortions du restaurant, il insistait généralement pour m'emmener à Pigalle, et il s'adressait à des putes en me désignant, discutant des prix de la double passe. Mais il n'était jamais vraiment question de monter avec une de ces femmes.

Un jour, en arrivant chez moi, et sous prétexte de se sentir poisseux au sortir d'une manipulation péripatéticienne, il me pria de laver moi-même ses organes génitaux dans mon lavabo.

Il finit par m'avouer son étrange passion : le lancer de couteaux, à m'en expliquer les techniques, et ce soir-là il m'offrit son premier couteau, un petit couteau dont le manche cassé, en pivotant autour de sa monture de métal, pouvait faire un second objet tranchant. La lame était intacte. Le lancer de couteaux, me dit-il, ne devait pas être considéré comme un art en soi, ou comme une pure prouesse, il devait être incorporé dans un spectacle, comme un artifice supplémentaire, au cours d'une prestation dramatique, musicale, érotique. Son rêve était de monter un spectacle où des hommes en tenues de soirée, dans un château, discourraient, tout en dînant, de l'art de lancer le couteau, et mettraient au fur et à mesure leur discours en pratique, s'exerçant sur les domestiques, se bandant les yeux et lançant leurs poignards tous en même temps — c'était le finale du spectacle — sur une femme bâillonnée, ligotée à la table renversée sur laquelle ils venaient de dîner, femme prisonnière dans sa fiction, que ces hommes convoitaient, et dont ils voulaient dénouer les liens pour la posséder.

Les couteaux de lancer, il m'en montra beaucoup avec une sorte de plaisir à me les faire soupeser, étaient des masses de métal mince, effilé, dont le manche était emmailloté dans des lanières de cuir. On devait tenir le couteau par la lame au moment de le lancer, il faisait volte-face dans sa trajectoire. Un bon couteau se mesurait à son poids, il devait faire plusieurs kilos. Les numéros de lancer, me dit-il comme pour me rassurer, étaient truqués : d'abord le manche était creux et empli de billes de mercure, ce qui, par une loi physique élémentaire, obligeait le couteau à se planter droit en limitant les risques de dérapage, ensuite la planche de bois dans laquelle l'acier s'incrustait était doublée d'aimants, qui repoussaient la lame hors de la silhouette humaine délimitée à la craie. Il s'entraînait dans un hangar en banlieue, avec d'autres artistes de cirque. Un après-midi il m'invita à l'accompagner à l'entraînement, et me présenta comme son partenaire. Des affichettes étaient épinglées sur les murs, avec son portrait maquillé de sadique d'opérette. Il se produisait sous le nom de Zagato.

Il enveloppait ses couteaux dans du papier journal. Une lame plus précieuse que les autres avait sa place creusée dans un écrin de velours noir, comme tel compas ou instrument de musique. Il aimait caresser la lame, en mesurer l'effilé du bout des doigts, et la baisait souvent juste avant de la lancer d'une cassure de poignet. Alors tout son corps vibrait, dansait flexible et animal, noir et luisant comme le pelage du puma ondulant. Il s'entraînait sur des troncs d'arbres tronqués, la silhouette humaine dessinée à la craie sur la planche restant vide sous le drap qui la recouvrait, comme un relevé policier après le rapt en civière du corps assassiné. Il déclamait son plaisir à entendre l'acier fendre l'air en sifflant, puis se planter d'un coup sec en continuant longtemps à vibrer dans le bois. Il reprenait son couteau chaud d'entre l'écorce fendue, et me faisait évaluer au toucher sa température, parfois brûlante.

On jugera de l'effet de l'ivresse, comme masquant la duperie, dans cette aventure singulière. Il m'invita à venir dîner avec un ami : pour un ami, c'était un homme, assurément, qui avait le sens des affaires. À onze heures du soir, il était encore guindé dans un complet-veston, la pomme d'Adam serrée par le nœud de sa cravate, il tapotait des doigts sur un attaché-case. Ils restèrent sobres tous les deux pour mieux me pousser, sans que je m'en aperçoive, à l'ébriété. Le problème majeur du métier de lanceur de couteaux, disait A., était le manque de partenaires, la disparition progressive de ces femmes courageuses qui faisaient office de cibles vivantes, généralement par dévotion et par amour de leurs amants, et sans lesquelles il ne pouvait y avoir de numéro de lancer de couteaux. Zagato, lui, avait perdu la sienne depuis plusieurs années, à cause d'une funeste concertation de l'acier et de l'aimant à défier le sens de leurs pôles respectifs. Il avait beau mettre régulièrement dans les journaux professionnels de petites annonces ainsi libellées : « Artiste de cirque cherche partenaire pour numéro de lancer. Bonne rémunération, assurances et primes de voyage », les candidates fuyaient lorsqu'on leur dévoilait les masses d'acier volant que leur regard devait affronter. Zagato était invité à représenter la France au prochain congrès international des lanceurs de couteaux, qui devait avoir lieu en décembre sur la scène du casino de Hong Kong, et il n'avait toujours pas trouvé sa partenaire. Lorsqu'il me proposa de tenir ce rôle, je crus à une plaisanterie, et je signai légèrement, en éclatant de rire, et sans même la lire, la feuille que l'homme d'affaires avait sortie de son attaché-case. Le changement brusque des physionomies, que je vis passer de l'affable au menaçant, me fit reprendre mes esprits. Je voulus également reprendre la feuille, mais on venait de la subtiliser, déjà on m'en présentait un double avec la grimace du soulagement, un sourire presque ricanant.

Je devais me rendre tous les jours, dès le lendemain, dans ce hangar de banlieue pour assister Monsieur A., dit Zagato, dans son entraînement en vue de sa prochaine prestation sur la scène du casino de Hong Kong, où je devrais apparaître travesti, cible vivante sous un nom d'emprunt qu'il me restait à choisir, entre Mademoiselle Fuchs et Mademoiselle Calypso. Tous les frais de déplacements et d'assurances étaient pris en charge. Mon salaire mensuel était de quatre mille cinq cents francs jusqu'au mois de décembre. Au-delà de cette date, j'étais libre de renouveler ou non ce contrat.

Je me rendis aux premiers entraînements, cherchant par quel moyen je pourrais m'y soustraire. Le comportement de A. à mon égard avait entièrement changé : il était devenu brutal, il me fit essayer une robe en lamé noir scintillante, vendue dans un lot d'affaires ayant appartenu à la chanteuse de variétés chinoise Suzy Wong, et il m'ordonnait l'absorption d'hormones. Pour que le numéro se passe sans incident, me disait-il, je devais lui faire totalement confiance. C'était la peur qui provoquait les accidents. J'affrontai d'abord fièrement ces couteaux qu'il jetait vers moi à toute volée et qui résonnaient en se plantant à quelques centimètres de mon cœur. Je me forçais à ne pas fermer les yeux, mais il y avait toujours une seconde où je me croyais atteint par le couteau, et où je superposais entre lui et moi cette inscription funéraire : « Ci-gît Mademoiselle Fuchs, déchiquetée sur la scène du casino de Hong Kong par son partenaire, le fameux Zagato. » Il fallait toujours compliquer la prouesse, et il s'éloignait chaque jour un peu plus, il lançait le couteau entre ses jambes. Quand il me fit bander les yeux après m'avoir attaché sur la planche, je défaillis. Je lui annonçai ma décision d'arrêter, il pourrait faire ce qu'il voudrait de son contrat avec son impresario véreux, pour rien au monde je n'irais à Hong Kong, je porterais plainte, de toute façon je détenais ces photos qui le compromettaient, je menaçai d'aller les montrer à sa tante la Maréchale, ou de les faire paraître dans un journal à scandale. Il passa le soir même chez moi pour les récupérer, nous en vînmes aux mains. Je refusai de les lui rendre. Je lui rappelai ce soir où il avait débarqué chez moi, et où il m'avait prié, étrangement, de laver son sexe dans mon lavabo. Ce fut là mon seul rapport physique, au-delà des poignards, avec ce garçon que je devais ne plus jamais revoir. Le lendemain j'obtins ce rendez-vous avec l'impresario qui déchira devant moi le contrat alors que je jetais au feu les rouleaux de pellicule.

(1977)

Copyright, cinéma

La femme, l'actrice, arrive dans une ville qu'elle ne connaît pas, dans une ville grouillante. Elle est venue donner une série d'interviews pour le lancement de son dernier film. Le grand journal local a annoncé son arrivée en passant une photo en première page. Elle prend distraitement le journal, dans ce hall d'hôtel où la production du film lui a réservé une chambre, et voit sur cette même première page, juste au-dessus de son visage, le portrait-robot de l'homme qui vient de tuer, dans cette même ville grouillante, quatre femmes en l'espace d'un mois : la manchette l'appelle le tueur au lacet car il étrangle, simplement, avec un lacet de chaussure.

La femme, l'actrice, en voyant ce visage glabre si près du sien, ce dessin hyperréaliste qui ressemble à une photo retouchée, ces yeux fixes presque faits, presque épilés, tressaille à peine, porte mécaniquement une main à sa poitrine comme on le lui fait faire au cinéma en de telles occasions, et croit sentir sur sa nuque l'haleine de cet homme. Mais ce n'est que celle du groom qui lui tend une enveloppe. Elle la déchire aussitôt.

Elle a peur, et pourtant la ville est grande, l'hôtel est bien gardé, la police rôde partout, le tueur doit se sentir traqué depuis qu'on a multiplié ainsi son visage entre toutes les mains, et entre toutes les mémoires. Mais, en réalité, le tueur repose tranquille sur son lit de camp, car il sait que le visage n'est pas le sien, à peine ses lèvres minces, on aura donné trop de faux signalements, trop de mythomanes l'auront dénoncé, on vient d'arrêter un danseur oriental dans un cabaret des quartiers mal famés, « il me faut faire attention, se dit le tueur, peut-être est-ce une diversion de la police », et il se lève de son lit de camp, met la radio, boit au goulot une gorgée d'alcool, se lave les mains, et arrache un lacet à une paire de tennis élimés.

Elle a peur, et pourtant elle a déjà été poursuivie plusieurs fois dans des films, plusieurs fois elle a été la victime d'un maniaque, et elle s'en est toujours sortie. Le groom lui tend une seconde enveloppe. Avec anxiété, elle lui dit : « Ouvrez-la ! » Tombe de l'enveloppe un long lacet déroulé, est dépliée d'entre les mains du groom la même photo du journal qui montre son visage, dont on a bleui le cou et dans les yeux duquel on a ajouté, à force de petits traits noirs relevant subtilement ses paupières et écarquillant concentriquement ses pupilles, une expression d'effroi. Elle dit : « Prévenez la police ! Fermez la porte ! Fermez les volets ! Ne laissez entrer personne ! »

« Qui êtes-vous ? » Elle demande à l'inspecteur sa carte de police, il fait fouiller toute la chambre, elle s'est saisie aussitôt de sa trousse de toilette qu'elle garde serrée sur ses genoux, les policiers retrouvent juste le contenu de la précédente enveloppe déchirée. L'inspecteur, après avoir rassemblé les morceaux, déchiffre un texte et s'apprête à le lire, mais elle se retourne sur le canapé comme saisie d'une nausée violente, et s'écrie : « Non, je ne veux pas savoir ! »

Le téléphone sonne. Mécaniquement elle décroche en disant, soulagée : « Ah ! c'est John », mais ce n'est qu'un souffle chaud et puant qui afflue à ses oreilles, bientôt suivi d'un silence de mort. Elle met le doigt sur le déclic, et fait le numéro de la réception : « Qui m'avez-vous passé ? Quel nom a-t-il donné ? Comment était sa voix ? Je ne suis là pour personne, vous m'entendez, sauf pour John Hatten.

— Qui est ce John Hatten ? demande l'inspecteur.

— C'est mon chevalier servant. Il est resté à Londres, il a une dépression nerveuse. Vous m'accompagnerez ce soir à la première, je vous ferai louer un smoking.

— Tenez, buvez ça. Vous ne risquez rien. »

Quand l'inspecteur fut parti, et que cette femme se fut enfermée dans sa chambre pour se préparer à la réception donnée en son honneur, elle ramassa les morceaux de l'enveloppe déchirée, les réassembla et vit marquée comme une signature, illisible, au bas du portrait-robot, et sur ces mots inscrits : « à tout à l'heure ma belle », elle éclata de rire. Elle se parfuma et se poudra sans mesure. Une fois sa robe enfilée, un mince fourreau de soie écarlate incrustée de perles noires formant une corolle ouverte sur ses reins, elle appela sa camériste et lui fit repasser une dernière fois la soie à même sa peau au moyen d'un fer tiède. Peu avant que la Rover 2000 louée par la production ne passe la chercher pour l'emmener au Palais des Monstres désirables, où devait avoir lieu la projection, elle eut une dernière lubie. L'inspecteur se présenta impeccable dans son smoking, en lui tendant la dernière édition du journal, dont la manchette tenait toute la largeur de la première page : « Angelica H. menacée par le tueur au lacet ! » Les deux photos, qui avaient déjà fait la première page de l'édition du matin, étaient réutilisées dans la même trame. « Déchirez-moi ça ! » dit-elle. Elle demanda à l'inspecteur de l'emmener à la morgue : elle voulait voir les corps des quatre femmes que le tueur avait étranglées.

« Vous êtes folle, cela va vous miner le moral. Et puis il est bientôt l'heure, nous n'avons pas le temps.

— On m'attend toujours. Je vous en supplie, emmenez-moi, il fait si chaud... »

Ils sortirent par la porte de secours. L'inspecteur pointa son index sur sa tempe en croisant l'homme adossé à cette porte, qui n'était autre que le détective privé de l'hôtel. Le taxi passa devant le Palais des Monstres désirables à la façade étincelante et où la foule se battait déjà pour s'engouffrer. « Tous ces gens... » soupira-t-elle. « La manchette du journal est une bonne publicité pour la production », dit l'inspecteur. Le taxi traversa le quartier chinois : des femmes obèses s'adossaient aux maisons, tournant vers leurs visages des ventilateurs de poche. C'était une belle nuit d'été, à la chaleur touffue, dans la ville grouillante. Les enfants se déchaussaient pour laisser l'empreinte de leurs pieds dans le goudron ramolli.

« Vous êtes très gaie tout à coup, Angelica, pourquoi ?

— Croyez-vous vraiment que nous allons voir ces femmes mortes ? Je ne peux y croire...

— Vous n'avez pas chaud ? répliqua-t-il, vous êtes donc nue sous ce fourreau ? »

A la morgue les corps étaient dispersés. Elle insista pour qu'on les dispose côte à côte. On ne pouvait rien lui refuser, à elle ni à l'inspecteur. Deux des femmes ne subsistaient plus que comme têtes, calées dans d'étroits tiroirs capitonnés. Les corps avaient déjà été éventrés, et les organes partagés entre les mains grossières de carabins. La mort remontait à plusieurs semaines. Les deux autres femmes étaient étendues dans des bacs de glace, leurs familles avaient eu la même attention, faire cacher la marque bleue du lacet par un ruban. Angelica les fit transporter dans une chambre à part, avec les deux têtes. Elle fut d'abord frappée par leur beauté.

« Comme ces femmes sont belles ! s'écria-t-elle. Elles sont beaucoup plus belles que moi. Que faisaient-elles ?

— Oh ! des petites ouvrières, dit l'inspecteur en hochant la tête, tuées à l'aube dans les faubourgs, lorsqu'elles partaient au travail.

— Comme c'est injuste, elles sont beaucoup plus belles que moi. Ce sont elles qui auraient dû être actrices, et moi je ne sais quoi. Je n'y comprends rien.

— Venez, vous n'êtes pas assez couverte pour cet endroit.

— Je ne suis qu'une usurpatrice. Je ne mérite pas ce succès. »

Ils quittèrent la morgue, où les attendait leur chauffeur de taxi, et se firent conduire directement à la sortie de secours du Palais des Monstres désirables, où s'impatientaient les producteurs du film, le réalisateur, et quelques journalistes triés sur le volet.

« Ma pauvre Angelica, vous êtes toute transie, par cette chaleur ! dit le producteur en la prenant par les épaules. Ne vous en faites pas, vous ne risquez rien. Toutes les identités ont été vérifiées. Un policier armé surveille chaque porte. Tout le monde vous regarde. Venez ! »

Dehors, la foule continuait de se battre pour essayer d'entrer alors que le théâtre était comble depuis plus d'une heure. Angelica fut placée au cinquième rang, entre l'inspecteur et le producteur, et juste avant que le film ne commence, un projecteur découpa son rond de lumière aveuglante sur son dos pâle et ses cheveux laqués. Alors que tous se préparaient à applaudir, on entendit dans le silence suspendu un sifflement aigu, et le rond de lumière se rétrécit sur la nuque d'Angelica jusqu'à la noircir complètement et qu'elle ne subsistât que comme arrière-impression, comme tache évanouie encore vibrante sur la rétine des spectateurs. L'inspecteur venait de s'écrouler aux pieds d'Angelica, le projecteur qu'on avait fait basculer du balcon tombait, heureusement, dans une allée, dans un fracas de verre épouvantable dont les éclats percèrent quelques peaux, deux policiers sifflèrent, l'ombre d'un homme disparut au balcon, un coup de feu fut tiré tandis que le rideau de mousseline transparente se levait sur l'écran en laissant voir le beau visage d'Angelica, agrandi plusieurs dizaines de fois.

Angelica courait dans la rue déserte, et se retournait de temps à autre, faisant pivoter son buste à la taille, pour vérifier que l'homme qui la suivait avait bien perdu sa trace. Elle venait d'abandonner une de ses chaussures dans le goudron dont on a déjà dit la mollesse, et la différence de hauteur entre son pied nu et son autre pied surélevé par le talon aiguille la ralentissait en la faisant claudiquer. Elle n'osait pas s'arrêter pour se baisser, dénouer la lanière de sa seconde chaussure et la sacrifier comme l'autre (l'homme venait de la retrouver et y enfilait son groin dégoûtant). Le goudron surchauffé collait toujours plus à la plante de son pied. Un vieux Noir en maillot de corps chantait à sa fenêtre un negro spiritual. Des voix mêlées sortaient d'une bouche de chaleur comme un fond d'ambiance enregistré. Toute fumée se dissipait aussitôt, noyée dans l'air comme un glaçon dans une tasse de café noir.

Elle rasait le mur. Une ombre projetée sur le trottoir inverse lui fit brusquement tourner la tête qui heurta de plein fouet un ventilateur suspendu à une fenêtre, dont les pales de métal continuèrent à tourner dans sa tête. L'ombre n'était rien qu'une silhouette de carton découpée à l'entrée d'un relais gastronomique. Elle arracha le ventilateur, qui tomba par terre, cassé et emmêlé à ses cheveux. Elle fit signe au taxi qui passait, elle dit en soufflant le nom de l'hôtel. Heureusement, le visage du chauffeur ne portait rien d'inquiétant, aucune balafre, aucun rictus, derrière elle un berger allemand feutré secouait sa tête à balancier, le pare-brise était encadré de petites poupées en laine et de photos d'enfants. L'homme la dévisageait dans le rétroviseur, pour voir quel genre de femme c'était, à courir dans la rue à cette heure, à moitié scalpée, en fourreau de satin écarlate, avec une seule chaussure. Gênée par ce regard insistant, dont elle ne savait distinguer la part de menace ou de désir, elle dit : « Vous pouvez mettre la radio ? » Il y eut d'abord une musique, comme des glas suspendus qui résonnaient longtemps, des frôlements, des crissements, des ricanements d'instruments. « Il n'y a pas d'autre programme ? » demanda Angelica. Sur ondes courtes, ils prirent en route le feuilleton de minuit, où chaque mot prononcé par la voix se répétait dans un écho infini, semblait se heurter au tourbillon d'une pièce en abîme, aux planches d'un caveau.

Elle prit peur. Le visage du chauffeur qui la fixait dans le rétroviseur devenait trop inquiétant. Ce pouvait être un brave père de famille, mais pourquoi le tueur n'aurait-il pas eu l'astuce de voler ce taxi, et de rouler près d'elle jusqu'à ce qu'elle lui fasse signe de s'arrêter ? Maintenant, il pouvait l'emmener où il voulait, hors de la ville, dans un de ces faubourgs où déjà...

« Arrêtez ! cria Angelica. Laissez-moi descendre !

— Mais vous êtes folle ! Attendez ! Arrêtez-la ! »

Elle s'était remise à courir. Elle n'osait s'adresser à aucun policier de peur que le visage sous le képi, soudain détaché de la masse d'ombre par le pinceau du réverbère, ne trahisse ce visage glabre, ces yeux épilés, cette bouche veule qu'elle avait vue à la une du journal. Elle traversa le hall de l'hôtel en courant, et se précipita aussitôt dans un des ascenseurs. Personne n'était entré derrière elle juste au moment où les portes se refermaient. Sa chambre se trouvait au cent dixième étage. Elle avait le temps de souffler. « Je vais tout de suite appeler John », dit-elle tout haut. Elle regardait les petits chiffres lumineux marquer un à un la progression tandis que l'ascenseur semblait toujours rester immobile. Elle se retourna pour se regarder dans la grande glace qui en tapissait le fond. Elle remit un peu d'ordre dans sa coiffure, elle regarda le dessous de son pied nu et, en équilibre, tenta de décoller l'épaisse couche noire. En reposant son pied à terre, elle remarqua dans la glace une coupure triangulaire dont elle se demanda l'usage. « Ah mais oui, bien sûr, je suis bête, c'est la place destinée aux cercueils », dit-elle au bout de quelque temps. Cette glace pouvait donc s'ouvrir. Au fur et à mesure qu'elle regardait la fente, elle voyait le reflet de ses pieds s'éloigner lentement, le verre bascula tout à coup, elle hurla, deux mains sortirent de la bouche d'ombre et se saisirent de ses chevilles, comme deux menottes qu'on fait claquer sur des poignets, elle se démena si fort que l'ascenseur vacilla et que la lumière s'éteignit, elle vit alors dans la glace sans tain soudain éclairée par-derrière la silhouette d'un homme agrippé qui tenait entre ses dents une mince ficelle, de ses deux poings elle brisa la glace, et l'homme bascula, mais la secousse avait décroché le contrepoids de l'ascenseur et elle tombait elle-même en chute libre sur la plate-forme étroite, le vent s'engouffrant entre ses jambes et relevant entièrement le fourreau écarlate sur ses yeux comme un bandeau, tandis que, aspirée par la bouche sombre, elle arrachait la soie de son visage et tentait de repérer une tige dans le mur de briques qui défilait à toute allure, et contre lequel elle devait lutter pour ne pas être plaquée, et broyée entre lui et la plate-forme, déséquilibrée par une force non centrifuge, l'homme qui était retombé sur une corniche et qui avait évité au dernier moment le bloc de béton qui s'était décroché du treuil, du haut de la coupole de l'hôtel, l'homme qui tenait toujours son lacet entre ses dents serrées ressauta sur la plate-forme en se collant à elle.

Elle crut que la plate-forme en retombant avait écrasé l'homme sur le ressort de métal noir destiné à l'amortissement. Comment s'en était-elle tirée, elle n'aurait su le dire. Elle remonta les cent dix étages en courant. Quand enfin elle ouvrit la porte de sa chambre, et qu'après l'avoir fermée à double tour elle se laissa glisser contre le battant en pleurant de joie, elle s'aperçut que le téléphone sonnait toujours. Elle était sauvée : l'homme ne devait plus être qu'un tas de barbaque empalé sur le ressort, toutes les fenêtres avaient été fermées avant son départ. Elle décrocha le téléphone : rien que le silence d'abord, puis cette respiration, haletée, ce souffle chaud et puant qui affluait de nouveau. Elle raccrocha et fit aussitôt le numéro du standard pour demander la police.

« Justement, dit la standardiste, j'essayais de vous joindre. Il y a là un monsieur journaliste qui vous attend.

— Je ne donnerai aucune interview ! Passez-moi la police immédiatement !

— Sur quel poste ? dit la standardiste.

— Mais ici, sur le 1013 ! »

Elle raccrocha et attendit, le regard fixe, posé sans raison sur la porte de communication qui restait fermée entre les deux pièces. Elle avait la police au bout du fil.

« Oui, ne quittez pas. Votre ligne est sur écoute. Nous pouvons détecter tous les appels.

— Mais le dernier appel, demanda-t-elle en pleurant.

— Écoutez, dit la police, ce n'est pas un appel de l'extérieur. On vous a appelée de l'intérieur... »

Angelica continuait de fixer la porte de communication, et elle hurla, une dernière fois. « On arrive », dit la police.

(1978)

La mâchoire de l'Harski

Les gencives du chien sont noires (comme l'ardoise), sa langue est rose, d'une couleur et d'une consistance qui rappellent le foie de morue baignant dans l'huile quand on ouvre la petite boîte de fer oblongue. Ses dents sont d'un ivoire dont le blanc décroît vers les racines pour se teinter imperceptiblement de jaune. Certaines de ces dents, très larges, font penser à des montagnes à trois pics. Les crocs du devant enserrent symétriquement six petites incisives dont les deux du milieu sont encore plus minuscules que les autres, et semblent biseautées à 45 degrés. On remarque entre la langue et les gencives des attaches musculeuses plus violacées. L'haleine du chien n'est pas fétide, mais elle se reconnaît entre toutes les haleines, du tigre au tapir, par son épiçage plus subtil. Je rêve fréquemment que cette mâchoire broie mes mains, et que le chien par gratitude lèche mon visage. J'ai aussi rêvé que mon intimité avec le chien et que son excitation étaient telles qu'elles s'achevaient par son éjaculation. Nous jouions sur un lit ouvert, et il me fallait faire disparaître le sperme du chien, et je roulais en vitesse les draps mais mon père défaisait cette boule et, me montrant les taches dont l'abondance séminale ne pouvait être que canine, bestiale, m'invectivait.

(1980)

Une petite bonne femme sans histoire

Son père lui interdisait d'avoir un chien. « Pas d'animaux à la maison ! » répétait-il. Il était vétérinaire, vétérinaire sanitaire, il faisait les inspections dans les abattoirs. Il était végétarien aussi. Elle rêvait d'avoir un chien. C'était une petite fille aux cheveux blonds et longs que tout le monde admirait. Elle prit son argent de poche et, sans rien dire à personne, elle alla les faire couper très courts. Cette coupe fit ressortir son nez cassé, son nez busqué et la cicatrice sur son front, lorsqu'elle était tombée sur la jardinière de béton. On lui fit apprendre le piano. Elle lisait la nuit en cachette dans son lit et un matin sa mère en entrant dans sa chambre toussa dans la fumée noire : la lampe de poche avait brûlé le duvet en nylon, mais elle s'était débrouillée toute seule pour éteindre le feu. On la rossa très fort lorsqu'on découvrit dans ses affaires un petit taille-crayon volé, en forme de télévision, et on l'obligea à aller le rendre au marchand. Sa mère lut son journal, qu'elle enfermait à clef dans le premier tiroir de son bureau, qu'elle avait laissé ouvert ce jour-là, et elle lut le récit d'une préméditation de meurtre dont elle était la victime avec son mari. Le nom d'une certaine Laurence revenant souvent dans le cahier, la mère pensa que c'était cette Laurence la mauvaise fréquentation, l'insufflatrice du crime, et elle se rendit au lycée dans la cour de récréation pour la dévisager. Elle ne reconnut pas sa fille, qui avait alors douze ans, car dès qu'elle arrivait au lycée elle se rendait dans les toilettes et faisait tomber, du haut d'une chasse d'eau, le petit balluchon qu'elle y dissimulait et qui contenait des bas et du rouge à lèvres. Dans la cour de récréation, sa mère lui fit retirer ses bas, et passa sur ses lèvres le revers de sa main dégantée qu'elle venait de mouiller avec sa salive. On lui interdit de revoir cette Laurence, qui devait être si diabolique pour présider à tant de transformations.

Maligne, elle était en avance dans toutes les matières, et travaillait peu. Elle rentrait du lycée pour écouter à la radio « S.L.C. Salut les copains ». On l'empêchait toujours de sortir le soir. Pour son anniversaire, son frère, un petit garçon efféminé, lui offrit un disque de Richard Anthony. Elle eut son bac à seize ans, et elle eut presque aussitôt ses Ipes, qui lui permettaient d'étudier en recevant un salaire. Elle allait suivre des études d'allemand, et l'été on la laissa partir à l'étranger, dans le sud de l'Allemagne, et dans une famille recommandée par un organisme, pour qu'elle perfectionne sa langue. Ses parents et son frère partirent au bord de la mer et reçurent chaque semaine, en poste restante, une lettre d'elle qui donnait de bonnes nouvelles.

Quand ils allèrent la chercher à la gare de l'Est, à l'arrivée du train, ils ne la virent pas sur le quai. Ils cherchèrent bien, mais c'est une petite bonne femme méconnaissable qui s'adressa à eux, une perruque brune et frisée sur la tête, un fox-terrier en laisse, et dont la lèvre tremblait. Un grand homme barbu se tenait derrière elle. Elle dit aussitôt à ses parents : « Il va falloir penser au mariage, je suis enceinte. » La mère manqua de s'évanouir sur le quai ; le père arracha la laisse du chien des mains de sa fille, et dans un état de grande fureur, menaça l'homme barbu qu'il n'avait jamais vu : « Monsieur, je vous ferai poursuivre pour détournement de mineure ! »

Le lendemain tout était rentré dans l'ordre : on accueillit le barbu dans l'appartement. Elle avait refusé violemment d'aller en Suisse pour avorter, et les parents durent bien se résoudre au mariage. Le barbu était un grand homme blême et maigre très nerveux : le jour des fiançailles, d'émotion il s'évanouit deux fois. On dit qu'il avait des problèmes de sang.

Adulte, elle ne mesurait pas plus de un mètre cinquante-cinq. Elle devint professeur d'allemand, d'abord remplaçante dans des C.E.S. de banlieue. Elle eut un garçon, et quatre ans plus tard elle eut une fille. Elle acheta d'autres chiens, et aussi des chats, et aussi un furet qui ne tarda pas à crever. Sa principale préoccupation devint les prix les plus avantageux dans les supermarchés les plus avantageux. Ils achetèrent une voiture, une machine à laver et une machine à faire la vaisselle, et aussi un robot-mixeur et un couteau électrique, tout à crédit. Rien ne leur manquait, mais ils faisaient attention à tout. Chaque trimestre, elle emmenait sa petite famille chez Tati, boulevard de Clichy, et ils s'achetaient des robes, des pull-overs, des pantalons et des chemises, de quoi vêtir tout le monde. Photographe industriel, il était passionné de photo, et elle lui passa tous ses achats, qu'on disait inconsidérés dans sa belle-famille, le gros appareil photo, puis la caméra sonore, puis le magnétoscope. Ils changèrent de voiture. Enfin ils se décidèrent à quitter Paris et à faire construire une maison en banlieue. Ils prirent un crédit à la banque. Elle dit que lorsque les traites de la maison seraient payées, elle mettrait de l'argent de côté pour se faire refaire le nez. Dix ans déjà étaient passés depuis leur rencontre, et la famille de l'un comme de l'autre n'avaient jamais eu vent de la moindre histoire, de la moindre brouille. Le premier homme qu'elle avait connu, en dehors d'un écran de cinéma, elle l'avait aimé, cela ne faisait pas de doute.

Ses parents à elle s'apprêtaient à mettre le bateau pneumatique sur la galerie de la voiture pour partir en vacances quand ils reçurent un coup de téléphone de leur gendre effondré : « Elle couche avec ses élèves, leur dit-il, j'ai les preuves, et je vais la faire poursuivre pour détournement de mineurs, je vais déposer une plainte à l'Assemblée nationale. » Ils laissèrent le bateau pneumatique, et allèrent sur-le-champ leur rendre visite. Il avait téléphoné, à son insu, de chez une voisine. Elle était très calme. Il pleurait. Il avait fait une tentative de suicide en avalant des comprimés, elle avait réussi à le réanimer, et il était parti dans la nuit avec la voiture. Il lui avait dit : « Je vais me tuer. » Elle l'avait attendu jusqu'au matin, il n'était pas revenu. D'épuisement il s'était endormi dans un champ. Connaissant sa fébrilité, les parents eurent peur qu'il n'arrive un drame, et ils emmenèrent aussitôt leur fille et leurs petits-enfants en vacances. Il les rejoindrait peut-être. Elle lui fit promettre qu'il ne tenterait plus de se suicider.

Ils se téléphonèrent. Dans son carnet d'adresses, il avait retrouvé le nom de ses élèves, et il les avait interrogés, un garçon avait avoué être son amant. Il l'enregistra, il le revit souvent, on ne sut pas ce qu'ils pouvaient se dire. Il appela en pleurant et annonça qu'il ne voulait plus jamais la voir. Une autre fois il appela pour dire qu'il lui avait trouvé une chambre dans cette petite ville de banlieue. Ses parents prirent peur, pensèrent qu'il avait fait cette démarche pour pouvoir un jour la surprendre, et l'abattre avec son amant. Sa mère lui demanda : « Mais enfin, qu'a-t-il pu se passer pour qu'ainsi, après dix ans sans histoire, tu t'en détaches aussi facilement ? » Elle répondit : « Pour moi il est mort, depuis cette nuit où il est parti avec sa voiture pour se tuer, et où je l'ai cru mort. » On demanda aux enfants, qui avaient maintenant neuf et cinq ans, avec lequel des deux, père ou mère, ils voulaient vivre, et ils répondirent, après avoir réfléchi ensemble, qu'ils ne voulaient vivre ni avec l'un ni avec l'autre, mais avec la voisine, une mère de huit enfants qui les gardait souvent l'après-midi. La grand-mère du petit garçon s'inquiétait soudain de l'entendre gémir pendant la nuit.

Ils rentrèrent de vacances, et furent convoqués au sujet de leur demande de divorce. Elle se trouva provisoirement une chambre dans un foyer de jeunes travailleurs. Il lui interdisait de revenir à la maison tant qu'il y était lui, tant qu'elle ne voudrait pas coucher avec lui. On apprit que cela faisait presque un an qu'elle se refusait à lui. Il alla voir seul une de ses tantes et lui dit qu'il l'attendrait, même trois mois, même un an. Elle allait tous les jours dans la maison pour s'occuper de ses enfants, à l'heure où il était au bureau. Elle attendait la rentrée des classes. Ce récit, qui jette les informations comme une déposition de constat d'adultère, ne fait aucun état du désir de cette femme.

(1980)

L'ami allemand

Ils se sont rencontrés un samedi soir. Il était roux, ce crin dru flamboyant dissimulait un visage fin, d'une pâleur presque anormale, de cette matité un peu acide propre aux roux. Il portait un blouson et un pantalon en jean et, autour du cou, une cordelette où s'attachait une petite trousse en cuir qui devait contenir son argent, ses papiers d'identité, quelques photos. Il était seul. Il s'approcha de lui, et se proposa de lui offrir un verre. Mais il était allemand, et il ne parlait aucune autre langue, ni français ni anglais. Lui-même ne parlait pas allemand, n'en gardait que des réminiscences obscurcies qui remontaient au lycée, à sa scolarité médiocre. Ils ne pouvaient donc pas se comprendre, hormis leurs noms, leur âge. Ils avaient tous les deux vingt-quatre ans.

Il était arrivé, de Berlin, le matin même à Paris, et il ne s'était pas encore trouvé d'hôtel, il avait compté, sans doute, sur ce type de rencontre. Il n'avait pas d'autres vêtements que ceux qu'il portait sur lui. Toutes ses affaires se trouvaient renfermées dans ce petit sac qui pendait autour de son cou. Comme il disposait, le temps des vacances, d'une grande maison vide au bord d'un parc, et comme son apparence ne lui était pas désagréable, il lui offrit l'hospitalité. Son corps révéla la même blancheur mate à la fois acide et sucrée, parsemée d'encres et de figures animales : un caducée le long de la veine de son bras, un lion mugissant sur son épaule, des têtes de mort aux iliaques, des cœurs transpercés aux orteils, il s'était fait lui-même ces tatouages. Ils dormirent ensemble.

En l'écoutant parler, l'allemand lui revenait peu à peu, il s'essayait maintenant lui-même à former des phrases. Il s'appelait Hans-Jürge, son père était un ouvrier communiste qui était resté à Berlin-Est, en 1961, après la construction du mur. Il avait quitté très jeune ses parents, il était parti vivre, seul, à Berlin-Ouest, où il avait fait toutes sortes de travaux humiliants et mal rémunérés. Il n'avait pas revu sa famille depuis presque dix ans : la dernière fois qu'il était retourné à Berlin-Est, on n'avait pas voulu le laisser repartir, il avait entrepris une grève de la faim pour faire céder l'autorité. Il avait une petite fille de deux mois, mais il ne vivait pas avec Suzanne, la mère de sa fille. Il vivait avec un garçon rencontré au cours de danse, Andreas, qui était de deux ans plus jeune que lui. Tous les jours, il allait voir sa femme et sa fille. Il lui montra leurs photos.

Il prit l'annuaire pour lui trouver un hôtel, il fit plusieurs numéros, ils se fixèrent enfin sur un hôtel de la rue Cujas. Il l'accompagna. La chambre était petite, avec un vilain papier peint et un lit qui couinait, il payait trente-deux francs pour la nuit. Ils se quittèrent l'après-midi. Le soir, il reçut un coup de téléphone d'Hans-Jürge, qui lui dit qu'il n'avait pas quitté la chambre de la journée : il avait de la fièvre, le fond de la gorge tout rouge, il grelottait dans cette chambre humide et froide même l'été. Le soir, il alla lui porter des suppositoires, un hamburger et un coca-cola achetés au McDonald's, il demanda au réceptionniste de lui monter des couvertures. Il tomba malade à son tour.

Ils se revirent. Ils allèrent voir ensemble *L'ami américain* qui passait, rue Cujas justement, en version originale allemande. Des gangsters proposaient à un petit encadreur anonyme, père de famille, de tuer des hommes, en lui faisant croire à sa mort prochaine, causée par une leucémie. Les fortes sommes d'argent qu'il recevrait reviendraient, après sa mort, à sa femme et à son fils. Mais la passion venait enrayer le règlement de comptes. Le petit encadreur finissait par tuer indifféremment, et le gangster, le cow-boy de ville, disait à son magnétophone : « n'avoir peur de rien, sauf de la peur ». L'encadreur rapportait à son petit garçon un gyroscope et le fil de fer destiné à supporter la toupie, avec lequel il avait égorgé un homme quelques heures plus tôt. Il disait à sa femme : « Tu as la chance de ne rien savoir. »

Tous les jours, Hans-Jürge retarda son départ. Il voulut téléphoner à Andreas, qui était resté à Berlin. L'autre lui montra comment téléphoner à l'étranger sans payer, dans les cabines jaunes, grâce à une pochette d'allumettes. La voix d'Andreas était triste. Il décida de repartir le soir même pour Berlin. Il l'invita à dîner une dernière fois avant de l'accompagner à la gare, et là il ne sut pas si l'histoire qu'il lui racontait était déterminée par le film qu'ils avaient vu ensemble, ou si elle était un aveu. Hans-Jürge n'était pas danseur. Il s'était inscrit avec Andreas, son ami, dans un réseau de prostitution par téléphone, et l'organisme les appelait plusieurs fois par semaine en leur indiquant l'adresse d'un homme à qui ils devaient rendre visite, et le vêtement qu'ils devaient porter, généralement de cuir. Ils gagnaient ainsi, en un quart d'heure, l'équivalent de mille deux cents francs. Mais Hans-Jürge avait une sorte de moralité de la prostitution et comme le héros de *L'ami américain* acquérait une moralité du crime : il mettait chaque semaine sur son compte en banque plusieurs milliers de marks, destinés à sa fille quand elle serait grande. Il avait pris, pour elle, une assurance sur la vie, et espérait mourir, accidentellement, avant trente ans. S'il ne mourait pas d'ici là, il se tuerait lui-même, à l'âge de trente ans, en maquillant son suicide en accident, pour que sa fille puisse toucher la prime d'assurances. En attendant, il alla lui acheter des jouets avec tout ce qui lui restait d'argent. Dans la gare, il lui dit : « Je t'appellerai dès que j'arriverai », et devant les gens assemblés sur le quai, il le serra dans ses bras.

(1980)

Le critique photo[1]

Avant d'écrire un article, il se livrait à une préparation maniaque : il se lavait les dents et les mains, il tentait de déféquer, juste avant de saisir le papier il se relavait les mains. Généralement, pour éliminer toute tentation de distraction, il se masturbait, se vidait, se perforait, faisait table rase de son corps.

Deux ou trois fois par semaine, il allait au journal chercher son courrier, dans un petit casier gris qui portait son nom. Il jetait aussitôt les enveloppes. Ce n'étaient que des imprimés : les galeries l'avertissaient de leurs prochaines expositions. Ainsi, plusieurs fois par semaine, il se sentait convoqué. Volés, les livres ne lui parvenaient pas.

Il n'allait jamais aux vernissages : il redoutait les agressions, et au fond il devait avoir un certain

1. Ces notes biographiques ont été établies d'après le journal retrouvé de Paul K., et ses articles sur la photo parus dans *Die Zeit* de 1950 à 1955. (H.G.)

mépris pour les gens qu'il aurait pu y rencontrer. Par une espèce de paranoïa propre à son journal, il s'excluait volontiers. Son nom restait mystérieux.

Il savait qu'on le payait pour se vider. Que son énergie était déviée dans ce fonctionnariat d'écriture. Quand son moral était au plus bas, il s'imaginait comme un batracien épinglé sur une tablette de liège, à moitié mort, et que de rares secousses électriques faisaient encore tressaillir. En photographie, rares étaient les choses qui le provoquaient, qui le réanimaient, suscitaient chez lui de petites poussées d'écriture. Et pourtant, même ce dont il n'avait rien à dire, il devait en rendre compte : il travaillait pour un quotidien, il était payé à l'article.

Par une honnêteté peut-être imbécile, il se déplaçait sur tous les lieux de convocation, l'exposition fût-elle trop insignifiante pour qu'il la signalât. Et quand il devait faire la critique d'un livre, il le lisait jusqu'à la dernière ligne, fût-il sans aucun intérêt, et sans apport pour son article. Par principe, il ne faisait jamais de citations : recopier l'ennuyait, il se disait que sa parole en valait bien une autre.

Parfois, quand la longueur de l'article qu'il devait écrire l'impressionnait — ou que son sujet lui était trop inconnu —, il se documentait, lisait des choses à côté dont il prenait des notes. Mais la masse du matériel emmagasiné l'encombrait, dynamitait ses propres idées : il ne savait pas comment le réinsérer. Ainsi, souvent, il préférait être ignorant par crainte que l'écriture ne se bloque, et qu'il ne se sente devenir un piètre tâcheron. Il s'acharnait à préserver son plaisir.

Quand il allait dans une galerie, il regardait d'abord globalement, rapidement. Puis, presque systématiquement, il prenait des notes. Il repassait devant chaque photo, il mettait en mots ses éléments visibles, plus rarement son impression, il la décrivait. Prendre des notes lui permettait de laisser sa mémoire vacante jusqu'à l'écriture de l'article. De toutes ces images que souvent il n'aimait pas, il avait peur de se souvenir.

Au moment d'écrire l'article, souvent pour s'en débarrasser, parce qu'il n'en avait pas envie, il reprenait ses notes, et les faisait passer dans une transcription immédiate. Il y avait toujours, dans l'image, des objets, des détails qui lui disaient quelque chose, se ralliaient à sa propre imagination. On reprochait à ses articles d'être seulement descriptifs, et verbeux.

Souvent aussi, il ne relisait pas ses notes. Il se sentait en aplomb par rapport à ce qu'il était censé critiquer : il ne décrivait plus, il démontait, il se mettait en position d'intelligence (d'impunité ?).

Certaines nuits, il se réveillait avec une fatigue d'images dans la tête : cette présence insomniaque des images tournait à vide, avait remplacé les mots (ça faisait longtemps qu'il ne rêvait plus de phrases). Ce n'étaient pas des images horribles, ou précises : c'était le seul fait que sa tête soit emplie d'images (donc qu'elle ne soit plus peuplée comme il faut, de corps, de décors) et de ce sentiment d'obligation de les mettre en mots, qui provoquait le cauchemar. Un cauchemar de fonctionnaire, en somme.

Il ne savait pas très bien ce qui poussait les gens à photographier si frénétiquement, à brandir un appareil entre les autres et eux, les situations et eux. Ce qu'il comprenait le mieux, ce qu'il respectait le plus, c'était encore la photo de famille et la photo érotique. Elles n'étaient pas prétentieuses et elles supportaient bien les affections et les désirs. Photographier lui semblait le plus souvent une activité de paresseux, de satisfait.

Il y avait un moment d'angoisse, de légère torture avant chaque article. Il savait que le lendemain, à la même heure, le journal serait déjà sorti avec son article, et souvent il ne savait même pas de quoi il allait être fait. La rapidité du passage de l'idée à l'imprimé l'effrayait (et tant d'étapes lui échappaient : la composition et ses corrections, la mise en page, l'impression...). Il y avait toujours comme un risque, un risque d'impunité par rapport au journal qui chapeautait l'article, une sorte de responsabilité.

Il entassait les journaux jour après jour entre les tréteaux de sa table de travail. Parfois, il s'occupait à les reprendre, et à découper ses articles, qu'il rangeait dans une chemise. Mais il ne les relisait jamais.

Il regrettait de ne pas recevoir plus de lettres d'insultes ou d'encouragements.

En écrivant l'article, il avait presque toujours l'impression d'être en train de rater l'article qu'il aurait pu écrire. L'article ne devenait acceptable qu'une fois tapé, au moment de s'en débarrasser.

Il possédait un petit appareil photo (un Rollei 35) qui aurait fait rire toute la profession qui le posait comme critique : il trouvait la technique gonflée par les marchands ; il pensait qu'un sujet, un visage ou un objet fort se suffisaient ; il n'attachait qu'une valeur de fétiche aux gros appareils, comme le Mont-Blanc des écrivains. Il ne lui arrivait jamais de sortir dans la rue avec son appareil pour être frappé, et saisir quelque chose. Attendre l'instant propice lui aurait semblé une perte de temps. Mais il aimait photographier les visages et les corps de ceux qu'il aimait. Et parfois il avait l'intention de travailler longtemps dans un même lieu, de s'attaquer à une idée (les cicatrices sur les visages, les fils de quinze ans avec leurs mères, les cadavres dans les morgues...), qu'il abandonnait vite, par découragement, par ennui des démarches et des organisations.

Il vivait sur l'économie de son corps : il le mettait sciemment au repos, et pour ainsi dire l'annulait, quand il devait se lever tôt pour écrire un article, et c'était ça l'impression désagréable, celle d'être, tout comme un ouvrier, une machine à produire, et que même son corps soit mis au pas, et que le sommeil devienne une phase positive, mécanique du travail, une sorte d'accu, un rejet de la volupté.

Ça devenait vicieux : quand il devait écrire un article, il se mettait à avoir envie d'écrire pour lui, et une fois l'article écrit, il pensait déjà au prochain article. Et il n'écrivait plus que des notes dans son journal, dont l'écriture s'amenuisait.

Au milieu de l'article, qu'il écrivait facilement, il eut soudain envie de se détraquer, de s'écœurer, de compliquer l'écriture, qui pour lui ne pouvait aller de soi, et il absorba frénétiquement, comme un poison, les chocolats de Noël.

Il devait écrire un article sur les photos d'August Sander quand sa fièvre a monté, sans doute déclenchée par son impossibilité à l'écrire. Il était impressionné par la perfection de ces photos, par la démence du projet de Sander, qui avait voulu établir dans l'Allemagne de l'entre-deux-guerres une espèce de nomenclature sociale liée aux types morphologiques. Sa nuit fut agité il réécrivait sans cesse l'article en butant sur des formules. Un coursier passa chez lui à sept heures du matin, il était encore sur sa machine à écrire.

Comme il y avait une tentative « objective » dans les photos de Sander, il avait voulu mettre la même objectivité dans son papier, donner des repères biographiques, définir simplement le type de travail. Mais quand il relut l'article imprimé quelques jours plus tard, sa fièvre chassée, il y trouva tous les termes de sa maladie et de sa solitude, et s'aperçut qu'à travers ces photos, qui lui étaient pourtant étrangères, il n'avait fait que parler de lui.

(1980)

Le trio mystérieux

N. B. est un homme d'affaires, dont on aura du mal à déceler l'exacte activité : Est-il réellement médecin, comme il le prétend ? Conduit-il lui-même cet avion pour l'Afrique trois fois par an ? À quelle sorte de conférence doit-il se rendre avec ses valises pleines de seringues et de flacons ? D'où provient cette étrange cicatrice qui décale ses lèvres l'une par rapport à l'autre ? Il revient de Washington, où il a assisté à une conférence, en Concorde, par le vol régulier de 13 heures. Il est repassé par New York. Il connaît bien le chef de cabine pour avoir plusieurs fois pris ce vol, et il demande toujours à être installé dans la première cabine. Au moment d'entrer dans l'avion, il remarque un jeune homme d'une extraordinaire beauté, encadré par un homme d'une cinquantaine d'années et, de l'autre côté, par une femme un peu plus jeune, entièrement habillée de noir. Ils vont s'asseoir dans la deuxième cabine. N. B. va trouver le chef de cabine, il lui dit qu'il en a décidément assez de toujours voyager dans la première cabine, et lui demande une place dans la seconde. « Rien de plus facile, dit l'homme, tout le monde veut être assis dans la première cabine. » N. B. a remarqué que l'étrange trio s'est installé presque au fond de la seconde cabine, et il insiste pour se trouver lui-même dans un rang encore plus éloigné. Il s'assied enfin à cette place, au dernier rang, d'où il peut observer à son aise le trio dont la figure centrale est l'objet de sa convoitise.

On sert un repas qu'il ne goûte pas, occupé exclusivement à détailler la nuque et les cheveux blonds du jeune homme. Il se pose toutes sortes de questions au sujet des liens qui unissent ces trois personnages : qui sont cet homme et cette femme, sont-ils les parents du jeune homme, ou celui-ci est-il l'amant du vieil homme, et alors qui est la femme ? Au cas où il devrait plus tard raconter cette histoire à l'un de ses amis, il énumère mentalement l'habillement des deux hommes, mais il est bien banal, tout juste sportif. La femme, par contre, se tient excessivement raide et porte, effectivement, une robe noire, des bas noirs, des chaussures noires, un sac noir est posé sur ses genoux. Elle se tourne fréquemment vers le jeune homme, et plusieurs fois son regard risque de se retourner totalement vers l'homme qui les observe. Ces trois personnes se parlent en américain, mais ils se parlent peu, car eux dégustent tous les mets succulents du repas.

Le jeune homme, enfin, se retourne pour regarder N. B. Il se retourne à plusieurs reprises. La seconde fois, ils essayent déjà de communiquer avec des expressions d'yeux, en levant par exemple les sourcils, pour marquer, sans doute, leur impossibilité à se parler. Puis le jeune homme se lève pour aller aux toilettes, entre la première et la seconde cabine. N. B. ne le suit pas, car cette situation ne serait pas digne de son trouble extrême. Il sort de sa poche une carte de visite et écrit, sous son numéro de téléphone personnel, le numéro de téléphone de son bureau en ajoutant ces mots : « J'aimerais beaucoup faire votre connaissance. » Il remet la carte dans sa poche. Le jeune homme s'est rassis à sa place, sans même le regarder, se sentant épié, sans doute, par l'homme et la femme qui l'accompagnent. Leur conversation reprend, et N. B. tente de distinguer quelques mots : des noms de villes uniquement, Venise, Paris, car les autres mots sont dits trop bas. La femme a un fort accent français.

N. B. est de nouveau intrigué, et de plus belle, quant à ce qui unit ces trois personnages. Il va retrouver le chef de cabine et lui dit sur un ton détaché, sans même prendre la peine de lui donner un pourboire : « Il me semble que je connais ces trois personnes au fond de la deuxième cabine... » et suspend ainsi sa phrase, jusqu'à ce que l'homme, qui se livre volontiers à cette indiscrétion, consente à lui livrer la liste des passagers. N. B. repère facilement, au numéro des places, les noms de ces trois voyageurs et, à son grand étonnement, découvre trois noms différents. La femme est bien française, le garçon est évidemment américain, Steve quelque chose. Quant à l'homme, il porte un nom hollandais. Le chef de cabine lui glisse qu'il s'agit d'un personnage important, il n'en sait pas plus.

L'avion atterrit. N. B. n'a pu trouver un moment propice pour transmettre au jeune homme sa carte de visite avec son numéro de téléphone. Pourtant, ils se sont regardés plusieurs fois, et ont continué à communiquer avec des mouvements d'yeux et de sourcils. La masse des voyageurs se lève, mais le jeune homme est encadré, et au plus près, par l'homme et par la femme. Cela n'étonnerait pas N. B., d'ailleurs, que la femme ait surpris leur manège. Sitôt sortis de l'avion, les voyageurs doivent passer un à un par un contrôle de douane, étroit passage fermé par deux rideaux, et qui débouche sur un long tapis roulant, d'abord ascendant puis descendant. N. B. est séparé du jeune homme par la masse importante des voyageurs, dont les premiers font déjà la queue pour passer le contrôle de douane, il tient sa carte de visite dans sa main. Au moment où les trois voyageurs sont sur le point de passer le contrôle, le jeune homme s'esquive de manière délibérée pour laisser passer devant lui l'homme et la femme, au regard desquels il va ainsi se trouver caché, grâce aux rideaux, l'espace d'un court instant. N. B. bouscule alors les voyageurs sans aucune vergogne, et fonce jusqu'au jeune homme, à qui il glisse subrepticement sa carte de visite. Au moment où le jeune homme franchit le deuxième rideau et prend place sur le tapis roulant, il vient juste de mettre la carte dans sa poche et est à nouveau visible à l'homme et à la femme tournés vers lui au faîte du tapis roulant.

Le soir même N. B. raconte cette aventure à un ami. Il est à la fois très inquiet et très excité : le jeune homme va-t-il l'appeler ? va-t-il pouvoir résoudre cette intrigue minuscule ? Le lendemain, il n'ose s'absenter de son bureau, comme il a l'habitude de le faire, de peur que le jeune homme ne téléphone. Par la cloison qui le sépare du bureau de sa secrétaire, il guette les appels. Enfin, il entend l'accent anglais de sa secrétaire, et appuie vivement sur la touche de l'interphone : « Passez-le-moi ! » lui dit-il comme un ordre. Alors, enfin, il entend la voix du jeune homme, qui chuchote : « Je suis Steve, nous nous sommes rencontrés hier dans le Concorde, je ne peux pas parler plus fort, je suis dans l'appartement, la situation est très compliquée, je vous expliquerai... » Il lui demande un rendez-vous. N. B. l'invite à déjeuner, le lendemain, à *la Closerie des Lilas*. Aussitôt il va réserver une table sous la tonnelle, à un endroit propice. Le jeune homme vient. Il s'appelle Steve, il a dix-neuf ans. Son père est mort quand il avait neuf ans, il a d'abord été confié à sa mère, avec laquelle il ne s'est pas entendu, puis au meilleur ami de son père, un riche baron hollandais, du nom de Stefen J. Cet homme possède une maison à Palm Springs, dans le Colorado, un appartement à New York, et un autre à Paris, avenue Montaigne, une maison en Italie, à Reno, et une maison en Belgique. Il ne se déplace jamais sans sa voyante, cette Française tout habillée de noir, du nom de Françoise G. Elle voit en permanence, dit-elle, l'ombre du père décédé qui suit son fils.

Pour le récompenser d'une réussite à un examen, cet homme, qu'il appelle « Parrain », l'emmène faire le tour des capitales d'Europe, Paris, puis Venise, puis Londres. C'est la voyante qui a désigné, dans l'avion, N. B. au jeune homme, pour son extraordinaire ressemblance avec le père décédé. Cette femme, ainsi que l'homme, ont suivi, sans se faire remarquer, leur échange de regards dans l'avion. Le jeune homme a dû avouer que l'homme lui avait remis cette carte de visite, la voyante l'avait de toute façon pressenti. Après le coup de téléphone et l'invitation à déjeuner, Stefen J., le baron hollandais, le « parrain », convoque le jeune homme dans son cabinet particulier avec la femme. Il met Steve en garde contre les mœurs de certains Français. Mais la voyante dit qu'il peut aller à ce rendez-vous, il ne court aucun danger. Enfin le jeune homme doit se retirer, Stefen J. délibère seul avec sa voyante, pour savoir s'il doit se résigner à envoyer son protégé à ce rendez-vous avec cet homme, qui est le sosie de son ami défunt. Après le déjeuner, N. B. et le jeune homme font l'amour.

(1980)

*La semaine sainte**

Six mois plus tôt il était entré dans la maison, et il avait retiré son col blanc. On avait pu s'apercevoir que ce col était de plastique amovible, et non plus de ce tissu gaufré qu'il fallait reblanchir, amidonner et empeser. Il ne continuait à porter ce col, disait-il, que pour les vieilles femmes du village, qui se plaisaient à cette tradition : sans l'image de la robe noire et du col blanc, plus de curé, l'autorité s'effondrait.

Très vite il avait expliqué pourquoi il était devenu curé : en fait pour échapper au conformisme auquel un mariage et un emploi sérieux dans une banque, deux états en bonne et due forme, le destinaient. Il avait cessé de voir cette jeune fille qu'il fréquentait pour entrer au séminaire, à S.

Il revint dans la maison, la maison blanche, la maison de l'étranger, il tint à y revenir : il régnait

* Ce texte a d'abord paru dans le numéro 45 de la revue *Minuit*, en septembre 1981. *(Note de l'éditeur.)*

dans cette maison un silence léger, qui ne pesait pas comme le silence puissant des églises. Et tout y était pour lui plaire, et pour contraster avec la noirceur un peu humide et chiche qu'entretenait sa mère, vieille femme dévote, dans son presbytère : la dominance des blancs, écrus aux murs et plus cassés sur les assiettes anciennes qu'elles décoraient, étincelants et propres des draps qui s'arrondissaient sur les tables, quelques dessins fins et précieux, presque effacés, et gentiment païens, dont quelques torses musclés s'échappaient. À peine apprit-il que l'étranger était de retour au village, par une femme anciennement prostituée et colporteuse de bruits, qu'aussitôt il lui téléphona pour lui demander de venir dîner : j'apporterai la nourriture, dit-il ; mais l'étranger refusa ; alors juste une douceur, dit le jeune curé ; je viendrai à l'église pour vous prévenir d'un jour, dit alors l'étranger, qui n'était pas pressé de recevoir ce curé chez lui. Il redoutait chez cet homme des intentions banales, comme de ramener dans le droit chemin les brebis égarées, dont il faisait évidemment partie, du fait de sa sexualité qui n'était un mystère pour personne. Mais il se dit : c'est peut-être la perturbation, au contraire, qu'il vient puiser chez toi, et il se décida à entrer dans l'église.

C'était le début de la semaine sainte. Un chœur de vierges, qui s'entendait du dehors, répétait ses transports séraphiques, quelques garçons impubères s'y mêlaient. Le curé était en haut des marches, près de l'autel, les bras en l'air vers les grands vases qui commençaient à éclore en corolles de roses de chaque côté du tabernacle. Une rangée de vieilles femmes en noir se pressaient à ses pieds pour lui tendre les fleurs dont elles prenaient garde de retirer discrètement les épines, au besoin en les dissimulant dans leurs poches, de crainte qu'elles ne blessent les mains blanches du jeune abbé qui leur délivrait le corps saint et pour lequel certaines s'étaient déjà prises d'affection. Dans quelques jours, le Christ serait flagellé, et le front et la nuque ceints d'épines augmenteraient sa souffrance lors de la mise en croix. Mais moins de trois jours plus tard, rituellement, il ressusciterait dans une trombe de lumière, et le temps du carême, avec ses privations, n'était pas malvenu pour se clore par une telle apothéose. Ce dimanche la cohorte catholique se déroulait lentement dans les ruelles étroites du village pour la procession dite des Rameaux. On avait noué ensemble des bouquets de palmiers dont on avait recourbé et attaché les lianes au moyen d'épingles pour les tendre avec leurs nœuds à la bénédiction, quelques gouttelettes fades dans un nuage d'encens. La mère du curé avait ressorti la grande chasuble brodée de fils d'or, qui faisait sa fierté de l'état embrassé par son fils. En l'essayant, d'un air perplexe, devant le grand miroir ovale de la sacristie, le jeune curé dut user d'autorité auprès des enfants de chœur, qui étaient des galopins tentés par le rire.

Le lendemain de la procession des Rameaux, à huit heures très exactement, le curé frappa à la porte de la maison. Il apportait un gâteau qu'il avait commandé chez le pâtissier d'un autre village, trois oranges givrées, et quelques vilaines marguerites trop longues qui ne purent trouver de vase. Cette fois-ci le curé ne retira pas son col. Il commença pourtant, après une remarque sur le silence blanc de cette maison qu'il appréciait tant, à poser un problème de conscience : depuis plus d'un an qu'il était le curé de ce village, il menait une vie tranquille auprès de toutes ces vieilles femmes trop pieuses, il était souvent invité et on le nourrissait comme un fils défavorisé, on voulait racheter par chaque bouchée trop grasse les coups de fouet donnés par les centurions, si bien que son corps maigre s'enfla. Il improvisait ses sermons et parfois on l'appelait au-devant de la mort, c'était là tout son travail, avec quelques comptes et une correspondance prudente. L'été dernier, il avait accueilli dans sa maison une troupe de jeunes scouts dont il avait partagé les jeux de sport, les baignades, et parfois même le sommeil innocent. Les vieilles femmes du village, comme un chœur de censeurs, n'accepteraient pas qu'il laisse tomber la robe, lors des cérémonies, et qu'il ne mette à l'évidence ce col blanc, même pour traverser la place du village, à trois heures de l'après-midi. Leurs confessions l'épuisaient, il connaissait toute la vie sexuelle du village, et lorsqu'il se dégageait enfin du rideau mauve et parfumé qui ajoutait au mystère des aveux, il n'avait que la hâte d'aller boire un café au bar en face de l'église. Pourtant la religion n'était plus pour lui une machine de pouvoir et de répression qui servait l'intérêt d'une classe en béatifiant l'oppression de l'autre. Et il ne pouvait plus donner l'absolution en suivant le barème qu'on lui avait fourni : les relations sexuelles, par exemple, qui prédominaient dans la confession, ne pouvaient plus être divisées en bien et en mal. La masturbation n'était plus un péché, et toutes ces filles de treize ans qui avaient déjà pris un sexe dans la main, dans la bouche et même entre les jambes, n'étaient plus des créatures infernales.

À la fin du repas, au moment du gâteau glacé aux amandes et à la confiture, il en vint à un cas particulier. Après avoir raconté la mort du pape, comme s'il y avait lui-même assisté, pour détourner les soupçons d'assassinat lancés par son auditoire, il en vint à demander un conseil. Trois garçons, autrefois ses amis, et un peu plus jeunes que lui, lui avaient fait ce récit : âgés tous les trois de vingt-quatre ans, l'un d'eux un peu plus robuste que les deux autres et d'aspect plus timide, ces trois garçons, après avoir fréquenté des filles, s'étaient mis un jour, d'abord par curiosité, à jouer ensemble avec leurs corps. Ils lui avaient dit : nous allons t'envoyer un paquet, tu pourras juger sur pièces. Une semaine après, le curé avait reçu huit bobines de films super-huit avec ce mot : voici ce que nous accomplissons, voici les actions auxquelles nous nous livrons, avec des filles, puis entre nous, dis-nous quelles sont les plus blâmables. Le curé était allé chercher le projecteur des religieuses du village voisin pour visionner les films, il n'en avait pas cru ses yeux, et voulait les revoir auprès de l'étranger pour lui poser des questions sur des points précis, le projecteur et les films étaient à l'arrière de sa voiture, il suffisait d'aller les chercher. Se retrouvant seul, l'étranger hésita entre le fou rire le plus étonné et une excitation un peu inquiète quant à l'issue de cette projection. Il devenait trop évident que l'histoire avait été inventée par le curé, afin de pouvoir lui parler de son propre désir, indicible dans les confessionnaux, il savait où finissaient les aveux, détaillables comme des rapports de police. Il revint un peu tremblant avec deux cartons qu'il se mit à déballer. Il fallut débarrasser la table, tirer les rideaux, et décrocher un tableau pour laisser un espace blanc où l'image puisse apparaître. Les deux premiers films étaient danois, les deux autres américains. Le curé éteignit la lumière.

Des cavaliers, en selle l'un derrière l'autre, se masturbaient. Puis ils se laissaient tomber sur l'herbe pour se prendre le sexe, comme il disait, dans la bouche et entre les fesses. Ce fut au tour du second film, c'est celui qui m'a le plus impressionné dit le curé, mais il se reprit vite, et il dit non, non, ce n'est pas celui-là, c'est le prochain. Un jeune garçon nu sur le pont d'un bateau lui arracha ce soupir : l'enfant ! mais l'enfant devait subir la stricte suite des outrages, et il avait l'air d'y trouver une volupté. Aux images banales, presque familiales dans la prise de vues, qui s'imprimaient sur le mur, le curé se mit à substituer les corps peints sur certaines fresques ou certains tableaux de son église. Soudain il crut voir un long battement d'ailes fixées sur un dos nu, une pâle chute de reins. Il rêvait d'un porno céleste.

Les anges, on l'imagine, avaient tous entre quinze et dix-huit ans. Leurs pieds nus rebondissaient sur des masses douces et cotonneuses, ils s'y laissaient tomber dans des éclats de rire limpides (mais les films, eux, n'étaient pas sonorisés). Leurs chevilles étaient serties d'un subtil réseau d'écailles prélevées dans les couches les plus tendres du ventre de l'hippopotame, qui s'enroulaient jusqu'à leurs cuisses en laissant libres leurs longs muscles fuselés. Leurs ongles étaient peints couleur d'onyx et leurs bouches framboisées offraient au regard, lorsqu'ils partaient dans un de leurs grands rires, un ivoire parfait. Leurs torses très légèrement bombés étaient couverts d'un mince duvet doré qui exaspérait réciproquement leurs paumes. De toutes leurs ondulations naissait une musique. Leurs sexes enfin étaient pris dans des coques d'or ou de cuir fraîchement tanné dont ils défaisaient les liens pour les laisser jaillir et battre contre leurs cuisses. Alors, ils se trouvaient, comme de jeunes chiots heureux, à les humer et à les lécher doucement, à les mordiller, à les soupeser et à les suçoter, enfin à les pomper de plus en plus vivement pour pouvoir boire leur jus lacté. Certains s'amusaient même à se les enfiler entre leurs fesses rondes et fermes, ils les frottaient les uns les autres sur tout leur visage, jusque sur leurs paupières, et les enroulaient dans leurs longues boucles blondes, c'était cette manipulation qui suscitait leur plus vif ravissement. Au spectacle de la première sodomie, le curé demanda : est-ce vraiment possible ? Il quitta la maison sans réclamer la moindre discrétion.

Trois jours plus tard, fier de cette sorte de succès, le curé harangua la foule pressée dans l'église : ce qui va se passer, dit-il, n'est pas du théâtre, c'est la vérité du Christ fils de Dieu. Douze enfants choisis pour leur blondeur, et la couleur de leurs yeux, entrèrent en aube de chaque côté de l'autel, pieds nus et légèrement rougissants. L'organiste se mit à soutenir une note grave qui prenait de l'ampleur en s'épandant sous les voûtes. Le servant apporta la cuvette, le broc et la serviette blanche. Agenouillé aux pieds des enfants, l'abbé laissait ruisseler l'eau entre leurs chevilles maigres, et se plaisait à la faire passer entre chacun de leurs orteils, ce qui prit un peu de temps et impatienta les derniers rangs qui se soulevaient un peu sur la pointe des pieds pour voir ce qu'on faisait à leurs enfants. Puis le curé se relevait et embrassait le front de chacun d'eux. Aucun rire, fût-il léger, ne vint troubler la solennité des gestes, la mise en garde l'ayant peut-être évité. La foule s'écoula en un éclair de seconde, comme l'eau rapide dans un siphon, les enfants qui s'étaient vite rechaussés disparurent. Le curé se retrouva seul, il poussa un cri qui ne fut entendu de personne.

Le soir même, satisfait qu'on ait pris avec naturel les extravagances de son âme, il les compliqua d'une lubie plus étrange. Il voulait revoir ces films, qui lui semblaient divins, et dans les lieux les plus divers. Il voulut que le vice angélique apparaisse sur la pierre nue des premiers sarcophages, sur la dentelle de l'autel même, et aussi dans la lande sombre de la nuit. Il avait bricolé un système pour pouvoir brancher le projecteur sur la batterie de sa voiture, des lucioles se prenaient dans son faisceau et, sur l'écran opaque et mouvant de la nuit rasée par le vent, les manipulations les plus triviales venaient comme une pluie qui sauve de la sécheresse.

Il connaissait bien les dessins anatomiques de Léonard de Vinci, dont il possédait un livre, et avec cette lanterne magique il voyait chaque corps comme une architecture, avec ses ogives, ses colonnes, ses canaux, ses artères, ses masses sombres plus palpitantes qui abritaient la vie. Ses anges n'étaient pas exsangues, ni vapeurs ni enveloppes célestes d'âmes perdues, ni émanations d'enfances mortes, il ne voyait que la rougeur luisante et avide de frottements qui se dressait sur leurs ventres, il connaissait trop la torture d'une érection sans apaisement.

Il aurait voulu, carrément, projeter leur chute sur le ciel, mais les images qui ne pouvaient buter contre aucune surface se dissipaient dans un rayon d'immatérialité. Dans la nuit, il recherchait une blancheur. Ce fut un oiseau, d'abord, qui la lui donna, mais trop fébrilement pour qu'il puisse y fixer une de ses fantasmagories. Une nuit, alors qu'il attendait depuis une heure, le pinceau rose des chairs humaines vint colorer le plumage triangulaire d'une effraie qui fut éblouie. Quand il retournait ainsi l'appareil, le moteur toussotait, la lampe se fatiguait plus vite. Il n'aimait pas la nuit, qui était noire comme son habit, il aurait préféré le grand jour, mais il lui était interdit. Une nuit, la dernière, un agneau égaré fut attiré par la lumière, il y vit un signe pascal, et renonça.

Lors du simulacre de la mise en croix, le soir du vendredi saint, en tête de la cohorte qui traversait le village, tenant lui-même la croix sur l'épaule, et alors que le bruit de ses excentricités n'avait pas encore eu le temps de se répandre, le curé crut recevoir des crachats au visage, mais il ne s'en détourna pas. Sa prière était amplifiée par un microphone ; tout à coup un des enfants de chœur, qui portait un haut-parleur, le dépassa, et il continua de voir, sur son dos recouvert de l'aube blanche, une bouche d'enfant gonflée par un phallus, comme une décalcomanie sournoise, indétachable. Il bruinait. Les accords tristes de la petite fanfare discordante accompagnaient son calvaire.

(1981)

*Le testament de Mao Tsé-toung**

La stérilité de mon épouse ayant contrarié la naissance de mon fils, je lègue la plus grande partie de mon royaume à la femme qui m'a le mieux aimé, Mademoiselle Chou Ping, ma pédicure. On lui donnera au choix mon palais vert de siam de Thobodoukur, ou la somme de quatre milliards de yens, à la condition *sine qua non* qu'elle jure devant le grand conseil de continuer à pourvoir à l'entretien de mes ongles (voir l'alinéa du prélèvement sur mon testament anatomique), car c'est une partie de moi-même, je le reconnais volontiers, qu'il me plairait de voir briller, longtemps encore, entre ses mains, et jusqu'à sa mort. Qu'elle ait recours à tous les vernis, et aux laques les plus précieuses, comme à certains subterfuges de présentation, car j'ai pris la précaution, du temps de ma jeunesse, et lorsqu'ils étaient libres de corne superflue, de faire mouler mes pieds en

*. Ce texte, que Hervé Guibert date de 1982, a d'abord paru dans le numéro 45 de la revue *Minuit*, en septembre 1981. *(Note de l'éditeur.)*

cire de cochon sauvage, la plus douce et la plus remarquable quant à l'imitation. Qu'on les retrouve donc, ces particules singées, je les chéris déjà comme moi-même.

Une autre grande partie de ma fortune, c'est-à-dire mon palais d'été bleu d'ivoire de Tchomotikir, avec son lac et ses pagodes orgiaques, en équivalence d'une somme de deux milliards de yens (que cette âme délicate ne soit pas offusquée de cette déchéance manifeste dans l'ordre de ma préférence, Mademoiselle Chou Ping étant la favorite absolue), à mon professeur de chant anglais, la délicieuse Pat Brighton, qui chaque jour lustrait et cirait mes cordes vocales avec le plus grand dévouement, les tampons et les badigeons les plus adéquats, sans elle mes discours auraient été de la bouillie pour rats[1]. A elle aussi je fais cette promesse de fortune à condition qu'elle poursuive cet entretien particulier, comme celui d'un instrument de marque.

Je donne dix mille yens, respectivement à mon coiffeur, Monsieur Ti Wi Ki, à mes caméristes, Ping et Pong[2], et à mes trois eunuques adorés qui chaque soir se relayaient pour m'éventer et me soulager d'une sève que la politique rendait un peu trop lourde et amère. Je les en prie, qu'ils ne

1. Dans ce lapsus (rats pour chats), Mao se coupe, et recoupe la théorie du sinologue Jean Siroupoux, qui pense que la dynastie Mao élevait secrètement une armée de rats. *(H. G.)*

2. On reconnaîtra dans ces derniers les très sensibles frères siamois de Mademoiselle Chou Ping. *(H. G.)*

voient pas d'un mauvais œil cette destitution de faveur, le peuple gronderait si ma richesse était disséminée parmi des efféminés, et pour leurs mous plaisirs. Je tiens à ce que ce testament reste introuvable, redoutant que ce peuple ingrat à force de susceptibilité y décèle la trace d'une nostalgie impériale. Je désigne un nouveau collège de surveillance afin de vérifier, dans l'emploi du temps de Mesdemoiselles Chou Ping et Brighton, le respect de mes dernières volontés, et dans les usages du peuple, qu'il continue à m'adorer, comme j'en ai fait le souhait dans mon testament officiel. Que les palais de Thobodoukur et de Tchomotikir résonnent longtemps des couplets qui font mes louanges, que mon corps embaumé soit le joyau suprême d'un patrimoine d'adoration.

M. T. S. 9 mai 1964.

(1982)

*Lettre à un frère d'écriture**

à Eugène Savitzkaya

Je suis passé chercher ton livre aux Éditions. Il était encore en caisse, dans la paille. Je voulais l'avoir avant qu'il ne sorte, avant terme. Je l'ai pris en main et il m'a plu de l'ouvrir, de le refermer, de le rouvrir, sans le lire, d'en prendre quelques mots et de te reconnaître aux premiers mots.

Toi, tu es loin, à L., tu n'es même pas là pour la dédicace et sans doute tu ne te déplaceras pas. On me dit que pour le service de presse tu as envoyé, enfin, les photos qu'on t'avait réclamées, et qu'elles sont miteuses, tu te caches encore, tu ne montres pas ta face. Tu sais que j'aimerais te photographier.

Je sors dans la rue, seul, avec ton livre. Sur la tranche, encastré dans un journal replié, je lui fais prendre la bruine. Puis je m'inquiète, je le

*. Le texte a d'abord paru dans le numéro 49 de la revue *Minuit*, en mai 1982. *(Note de l'éditeur.)*

regarde de nouveau, et je m'aperçois que la couverture s'est imbibée de petites gouttelettes bleues, du même bleu, exactement, que celui du liséré. Je n'ai pas pris garde qu'un papier, où j'avais inscrit un numéro de téléphone, ait pu déteindre. Déjà, peut-être, sans le vouloir, et en le voulant tout à fait, quelque chose de mon écriture a aspiré à transparaître sur ce qui renferme la tienne. Alors j'ai ouvert mon manteau pour protéger le livre contre mon torse, le manteau refermé par l'autre main, je l'ai serré fort contre mon cœur car petit à petit, dans la marche, il voulait descendre vers mon sexe. Alors son contact m'a irradié et, comme une transfusion, j'ai eu le fantasme de t'écrire une lettre, qui serait gênante pour toi, embarrassante peut-être, un peu obscène, tout le contraire de tes mots laconiques, de tes remerciements polis et distants. Tout le contraire de tes pattes de mouches, de tes fins hiéroglyphes : des lettres pleines, ouvertes et fermées, renflées. Des phrases sont apparues.

Je t'aime à travers ce que tu écris. Je t'aime en train d'écrire. J'aime la posture de ton corps à ce moment, j'aime tes cheveux longs et raides, d'une blondeur anémiée, au repos quand tu écris (ne les coupe jamais), et j'aime ton cou très blanc, et ta nuque, et tes doigts, et même tes pieds, ton assise, ta peau, ta douceur, tout cela passant dans l'immobilité tendue de l'écriture. Je voudrais m'approcher de ton corps à cet instant-là, le caresser, l'envelopper, et peut-être m'y fondre, intercepter certains mouvements de tes mains sur le papier.

Cela ne me sera certainement jamais donné, car je connais le besoin d'isolement. Je rêve d'une fraternité d'écriture et ce n'est même pas que cette lettre ait le vouloir de te la faire partager : je suis ton fiancé secret, ton prétendant, et qui aura du mal à se déclarer.

Si l'on me disait, et voilà des imaginations bien enfantines, bien excessives : pour qu'Eugène écrive une page, et que vous y trouviez votre plaisir au bout du compte, vous devez sacrifier chaque jour une goutte de sang, vous savez comme Eugène est pâle, et comme les couleurs, justement, teintent vivement dans son tissu d'écriture, noir luisant des pumas et rose grenu des groseilles, eh bien je n'hésiterais pas, pour que cette page soit comblée au bout du jour, chaque matin au réveil je prendrais une aiguille pour me percer le doigt.

Je voudrais tisser autour de ton corps, lorsqu'il est pris par l'écriture, tout un réseau d'attentions serviles : retrousser le bas de tes pantalons pour baigner tes pieds et tes chevilles dans une eau dégourdie où je ferai fondre des bâtons de benoîte, presser des fruits rouges pour t'en faire boire le jus à la coupe, soutenant ta tête, ma paume contre ta nuque, t'éventer de mon souffle, baigner le conduit de tes oreilles d'un arôme tiède et délassant, anéantir les bruits autour de toi, pour ta quiétude, ne laisser filtrer que quelques insectes dont le bourdonnement te charmera, déplier dans le champ de ta vue, lorsqu'elle se relève du papier, et à discrétion, des toiles peintes dont le labeur aura pris mes nuits, l'Afrique, les grands lacs et les grands fauves, des vols de rapaces ou de flamants roses, la brise et le vent, l'ouragan produits par des souffleries dissimulées, des outres dans lesquelles j'aurai accumulé toute ma force musculaire. Mais auparavant, avant que tu ne te mettes au travail, et pour le préparer, pour polir ton outil, nettoyer tes doigts et tes ongles, les désincruster, ou au contraire y laisser la noirceur qui semble dégoutter comme l'encre sur le papier, et laver tes cheveux, pétrir les muscles de ton dos de fins massages pour qu'ils supportent mieux ton assise. Tu porterais une chemise blanche, sans col, fendue autour du cou. Tu serais en caleçon, et jamais je ne verrais ton sexe, et il me plairait d'imaginer que tu n'as pas de sexe, qu'il est indéfini, que c'est peut-être une fente.

Maintenant je vais lire ton livre.

Tu es une de mes nourritures favorites (et une des seules, contemporaines maintenant). Ta langue me donne une becquée de mots, un sens voluptueux. Je la suce, sinueuse, qui se déroule de ta tête et du rythme de ton cœur, de la blancheur de ton ventre, de ton enfance. Il se passe quelque chose d'étrange, à ce déroulement, à cette imprégnation : ce n'est pas que je la reconnais, car je ne l'ai jamais produite, elle est bien neuve et distincte, et pourtant elle m'est déjà intime, avant même de m'étonner ou me séduire, sa saveur m'est préalable, c'est peut-être que dans un état antérieur cette langue jumelle était entremêlée à la mienne.

Je t'ai dit que je rêve d'une fraternité d'écriture : je rêve d'un espace commun, peut-être cloisonné, peut-être seulement dos à dos et chacun tourné vers une fenêtre (toi côté campagne et moi côté ville ?), deux chambres parallèles irriguées par une semblable densité lumineuse, un air et des microbes communs, ne faisant que partager les repas et le sommeil, et nous séparant, chacun vers notre ouvrage, qui aimerait être le filigrane de l'autre...

Mais voilà que tu viens à Paris, et que tu m'appelles, on t'a fait mon message, et j'entends ta voix au téléphone, tu me dis ton prénom. Tu passeras dans quelques heures, tu viens pour la photo. Alors, comme un fou, je range et je nettoie chez moi, je change ma housse de couette, je sors pour trouver des lys qui puissent s'accommoder à ton teint, et des gâteaux dont le nom, précédant le goût, pourra te séduire, fruit de la passion ou mangue est un peu vulgaire, je recherche quelque chose de rustique et d'acide. Mais lorsque, à trois heures précises, tu sonnes et que j'ouvre la porte, te découvrant, tout mon élan est barré par ton apparence, par ta froideur. Je te parle avec contrition et n'ose même te lire ce texte, il nous faudra l'intermédiaire d'une publication. Ce n'est qu'à l'instant de la photo, protégé par l'objectif, que tu m'as accordé ton sourire, et moi, au moment de nous quitter, ce n'est que par bravade que je t'embrasse, et j'ai la sensation d'une chair réfrigérée et fuyante, comme d'un cadavre ou d'une petite fille sournoise.

(1982)

Roman posthume

En 19.., encore archiviste, je pris connaissance, un peu par hasard, par une photographie publiée dans un hebdomadaire, de la personne, puis de l'œuvre d'un certain Jean L., qui avait publié cinq livres courts aux Éditions du Pôle, entre sa vingt et unième et sa vingt-huitième année. Peu de temps après la parution de son cinquième volume, je lui écrivis une lettre, une longue lettre. Mais il n'y répondit jamais, et je ne pus savoir s'il l'avait même ouverte, ou si elle était parvenue entre ses mains, car je l'avais envoyée à sa maison d'édition en priant qu'on la lui fasse suivre, et on ne la retrouva pas dans le dépouillement des papiers renfermés dans les trois premiers tiroirs de sa commode, où il gardait toute sa correspondance, au pied de son lit. Cette lettre fut perdue. Sept jours exactement après l'avoir postée, je lus dans un journal un entrefilet qui annonçait son suicide : il s'était jeté d'un train, en provenance de Paris, qui devait le conduire à A., peu après son passage en gare de V., indiquait-on dans cette page des faits divers. Le jour même, ses parents firent les démarches pour que son corps soit transporté au cimetière de Porquerolles, comme il l'avait souhaité dans un testament olographe. Les années qui suivirent, j'allai plusieurs fois sur sa tombe, qui était sous un cyprès, voisine de la tombe d'un père qui s'était noyé en voulant sauver son fils. Le père et le fils, lisais-je sur cette plaque, et selon le vœu de la mère, avaient été enterrés dans le même cercueil : connaissant bien, par l'intermédiaire de ses livres, la personne de Jean L., je me disais chaque fois avec un certain bonheur qu'il devait se réjouir de cette promiscuité. Ses livres, qui s'étaient épuisés très lentement, ne furent pas réédités, et son nom fut vite oublié. Il allait l'être aussi par moi, je l'avoue, et parce que mes relectures et mes visites au cimetière de Porquerolles se faisaient de plus en plus rares, et parce que ma vie avait pris une autre tournure, le vieillissement m'ayant porté à d'autres affections, à d'autres élections du cœur, quand un article paru dans un journal scientifique et lu par hasard, encore une fois, me donna une nouvelle impulsion. C'est à cet instant de mon préambule que je demande au lecteur de m'accorder toute sa foi.

Une tentative de désatomisation, en Hollande, d'une certaine surface de paysage irradiée lors d'une expérience, avait révélé, dans ce paysage, comme des grappes accrochées aux arbres et, brisés et semant le sol, la présence de mots innombrables, de phrases dépareillées. Ces groupes de mots, d'une grande banalité, ne devenaient visibles que sous l'effet d'un magnésium en fusion ionique négative, et ne pouvaient être transcrits, durant l'éclat bref de l'osmose, que sur une pellicule photosensible. Des clichés différents, pris par les chercheurs à des intervalles différemment espacés, révélèrent que ces phrases, comme balayées par le vent, n'étaient pas immobiles, mais qu'elles bougeaient d'une fois à l'autre, que certaines avaient disparu, tandis que de nouvelles s'étaient agglutinées en se rivant à des membres de phrases en formation, une sorte de puzzle de mots en perpétuelle transformation. Mais les chercheurs hollandais, peu intéressés par ce phénomène littéraire brut, après quelques communications, l'abandonnèrent à ce point.

Presque dix ans de recherches obstinées et secrètes me permettent maintenant d'affirmer ce qui suit avec la plus grande certitude : que ce soit le voyageur assis dans un train, le conducteur, mais davantage encore le passager d'une voiture, ou encore le promeneur qui traverse un bois ou un jardin, chaque être vivant, sous l'effet d'une locomotion autonome ou mécanique (et la locomotion, comme phénomène purement physique, aiguillonne et accélère le débit de sa pensée), propulse les différents mouvements de cette pensée, affriolée et emballée, sur telle ou telle parcelle du paysage ; au moment précis où sa vue, en concordance avec la pensée, mais plus ou moins brouillée et aveuglée, flouée par elle, se pose sur telle ou telle de ces parcelles, feuilles d'un arbre, virage d'un sentier, horizon, la phrase — mais c'est parfois un seul prénom, comme une incantation sentimentale — vient alors s'incruster en ce point du paysage, poussière d'une route, branche secouée par le vent, soleil couchant.

Les chercheurs hollandais l'ont prouvé : non seulement ces phrases, cette formation littéraire primaire, ne sont pas physiquement perdues, puisqu'une seule combinaison ionique suffit à les rendre lisibles, mais, en outre, elles ne sont pas stables, elles bougent, avancent, reculent, se soustraient ou s'additionnent, s'embellissent ou s'enlaidissent comme sous la main patiente de l'écrivain.

Et c'est là que je réclame du lecteur, encore une fois, et plus que jamais, sa bonne foi : je suis un homme des plus sensés (mais le fou ne dit-il pas qu'il est raisonnable ?), qui n'agit sous l'effet d'aucune lubie, et il faudra voir, dans ce que je vais dévoiler maintenant, plus qu'une ficelle romanesque, une importante communication sur les activités de l'au-delà.

Les phrases, jetées négligemment par les vivants, ou au plus noir de leur désespoir, et sans que leurs sens leur permettent d'en discerner la fixation, sont en fait la nourriture des morts, qui ne mangent pas, et qui passent leur temps, leur enfer comme leur paradis, à la recherche des phrases les plus rares, comme l'abeille butine le suc des fleurs pour le rapporter à la ruche, ou à l'élimination des phrases les plus futiles, divagation sans fin et sans sommeil des âmes qui virevoltent tout autour de ces grappes de mots pour n'en tirer que le miel. Les phrases sont la nourriture et elles sont les monuments des morts, elles sont leurs œuvres, leurs romans, ils les tissent lentement et patiemment, à force d'innombrables allées et venues, et parfois les mots tombent de leurs poches ou de leurs sacs trop pleins, et ils enjambent les frontières pour faire des mélanges baroques, et chaque point de l'horizon et le soleil couchant de chaque nouveau soir regorgent de ce mets dont ils raffolent (les pensées des vivants, ou de ceux qui l'ont été). Les âmes les plus laborieuses s'emploient à nettoyer le paysage de ses phrases ordurières ou indifférentes, mais il est des âmes dévouées qui s'attachent seulement à reconstituer les tout premiers brouillons de tel grand écrivain en promenade. Inaccessibles à nous, dans l'atmosphère flottent des œuvres admirables qui sont sans cesse consultées par la part contemplative de la population des morts. Les âmes les plus torturées ou les plus incertaines, celles qui n'ont jamais rien produit de leur vivant, remontent le cours de leurs vies et de leurs pérégrinations, à reculons, simultanément dans la géographie et dans l'histoire, et tentent de retrouver et de recoller le suc de leurs jeunesses. Les âmes abominables ne font qu'errer, désespérément, selon les lois, pour effacer à la gomme de leurs larmes et de leurs doigts râpés, de leurs bouches usées, leurs imaginations les plus viles. Les animaux ont de tout autres préoccupations (un chercheur animiste les dévoilera peut-être un jour) mais il existe certaines âmes amoureuses dont tout le travail, à jamais, ne consiste qu'à l'édification d'un seul mot, en général un prénom, ou un chuchotement câlin, mais gigantesque, et fait d'un assemblage de milliards de mots usés ou dépareillés jetés par les âmes serviles dans la grande fosse aux ordures. Ainsi, dans un certain pays, les âmes pèlerines s'en vont-elles par les courants des vents jusqu'à un très étrange monument qui n'est composé que d'une seule lettre géante, un T, dont il a fallu, pour faire le ciment, briser plusieurs romans précieux pour en entremêler les lettres.

Mais revenons-en à Jean L. dont nous nous sommes, apparemment, un peu éloignés. Les causes de son suicide n'avaient jamais été tout à fait élucidées, et aussi, dans quelques entretiens qui ont précédé sa mort, lui qui n'avait jamais écrit de roman, et en même temps n'avait fait qu'écrire, comme tant d'autres, que dans le rêve d'un roman, il avait déclaré qu'il venait de commencer un travail, justement, qui pourrait être un roman. Mais on n'en retrouva, dans ses papiers, que quelques bribes éparses et énigmatiques qui n'avaient même pas eu le temps d'en constituer une ébauche.

J'ai pensé que peut-être, en me livrant à cette sorte d'enquête, comme le butinage d'un mort, qui consistait à « radiographier », tout au long de ses derniers trajets, et plus particulièrement celui qui a tout juste précédé sa mort — c'est-à-dire en cheminant par le paysage de chaque côté des voies ferrées de la ligne Paris-V. —, le maximum de ses pensées, les dégageant, comme les pierres précieuses d'une fouille, des gravats de toutes les pensées triviales ou ordinaires des voyageurs qui l'ont suivi sur ce parcours, je pourrais à la fois obtenir des informations sur les causes de son décès, et reconstituer peut-être la plus grande partie du roman qu'il projetait d'écrire. Les circonstances de son suicide et le thème de son roman, qu'il ne put écrire, interrompu par la mort, sont intimement mêlés.

Je prie le lecteur de m'imaginer, pendant quelques instants, lors de mes nombreuses pérégrinations, comme un illuminé, ou comme un chasseur de papillons saugrenu, occupé à suivre ces sinistres rails, et mètre après mètre, à provoquer ces explosions sodiques pour pouvoir détecter, dans le paysage nocturne en fusion, les plus fortes concentrations de pensées, les démêler, les photographier, puis les agrandir, et reconnaître ses tournures (les pensées qui ont précédé sa mort avaient déjà une forme littéraire, elles étaient toutes tournées vers ce rêve du roman) et alors les déposer dans le silence de la bibliothèque où je travaillais alors et où je retournais chaque nuit, car c'était le seul endroit suffisamment large pour pouvoir accueillir tout mon butin déversé, et qui se recomposait en longs rubans de phrases sans cesse entrecoupées, recollées puis défaites.

J'ai trouvé, sur le bas-côté de la voie ferrée, à soixante-trois kilomètres de la gare de V., un amas de pensées particulièrement concentrées et vivaces, intouchées, et qu'on retrouvera ici à la fin du roman : j'ai tout lieu de croire que ce sont les toutes dernières pensées du vivant, car les phrases qui ont jailli avec la spasmodicité du pouls qui déjette le sang hors d'une veine tranchée, et comme des fleurs rouges lancées sur le cortège, ces phrases délimitaient un espace vide, et où l'herbe bizarrement n'a jamais repoussé, comme la silhouette du corps abattu dessiné à la craie sur le sol par les policiers, espace tordu et calciné, défoncé par le corps dont la dynamique du train, j'ai posé la question à des spécialistes, devait accroître le poids. Par contre je n'ai pu trouver aucune gerbe de phrases autour de la tombe de Jean L. à Porquerolles, comme certains de ces caveaux dont les occupants font croître de douloureuses fleurs posthumes. Ou bien L. n'est pas le vrai occupant de cette tombe, ce qui est peu probable, ou bien il s'est définitivement tu pour se livrer à d'autres occupations (des phrases détectées dans de nombreux paysages me laissent croire que les morts s'adonnent aussi à la peinture, mais je serais bien curieux de deviner quels sont leurs motifs et leurs instruments, cela sera peut-être élucidé un jour), ou bien encore considérait-il que son roman avait eu le temps de se boucler à l'issue de son voyage dont il devait décréter comme arrivée, et comme fin du livre, sa propre mort.

Ainsi trouvera-t-on dans ce livre des grossièretés, car il n'a pas été vraiment écrit, il a été ourdi, commis par la pensée d'un homme juste avant sa mort, et on trouvera des trous, des sautes de temps, des chiffres de renvoi qui ne mènent à rien, comme les stations d'un train fantôme, et donc un appendice blanc. On y trouvera des répétitions, car Jean L. à ce moment extrême de sa vie butait sur certaines obsessions, et des incertitudes de sujet car il ne s'était toujours pas décidé, au moment de sa mort, à la forme exacte qu'il voulait donner à son roman.

Je n'ai ajouté aucun mot, je n'ai fait que reconstituer. Je me suis peut-être complètement trompé, peut-être cet assemblage est-il complètement aberrant et serait-il désavoué par L. ? Le lecteur aura toujours la possibilité de composer un autre livre à partir du matériel fourni, je le lui livre donc avec d'imaginaires ciseaux...

(1982)

Un scénariste amoureux

Ce serait une histoire, et les personnages seraient ceux d'une nouvelle, ou d'un roman raté. Ils s'appelleraient n'importe comment : le jeunot et l'aîné, le petit et le grand, l'échalas et le rond, le désireux et le désiré, le sournois et le rusé, n'importe comment vraiment. L'histoire aurait plusieurs commencements et n'en finirait pas de repousser sa fin : voilà pourquoi ce roman ne pourrait s'écrire. Son aveu mettrait un terme à une si grande affection.

Un de ces faux débuts se passerait dans une ville de province, au bord de la mer, un des premiers jours de soleil. Le jeunot est amoureux, d'une fille, une comédienne, qui est elle amoureuse d'un nom de théâtre, d'un rêve de théâtre. L'amour doit subir le principe des vases communicants. La fille tient dans la main une affichette roulée, et sur le mur, tout à coup, se déploient une citadelle blême, épurée, un lac bleu sombre d'où émergent des tourelles, peut-être une seule, le souvenir est si menteur. La comédienne dit : « C'est *Massacre à Paris*, ça passe à Villeurbanne, on ne pourra pas y aller, il y a trop peu de représentations, tu vois là ces passerelles, les comédiens passent d'une tour à l'autre, toute la scène est prise par le lac, et à la fin les acteurs égorgés s'y laissent tomber, ils pataugent dans le sang, ce type est dingue. » Pour la première fois son nom est prononcé. Elle n'a jamais rien vu de lui, elle a tout juste lu des comptes rendus dans les journaux, mais elle lui envoie sa photo, et il fait pareil.

Un autre de ces débuts mensongers serait une sorte de fugue. Ce samedi-là il dit à ses parents qu'il part au lycée, comme d'habitude, mais qu'il ne rentrera peut-être pas pour déjeuner. Il se plante au bord d'une route, se laisse emmener à Paris. Le soir, il va au théâtre de la Gaîté lyrique voir une pièce du fou. *La Dispute.* Il en sort ébloui. Mais ce n'est pas un vain éblouissement : comment le décrire ? On lui a raconté une fable, il a vu une forêt, des nuits, et il lui a semblé qu'on avait tracé tout l'arc de sa vie, le cœur et la conscience, le corps et la politique. Là on retombe toujours sur quelque chose d'inexplicable : comme un mystère, une panne, l'indicibilité, on ne sait plus dire pourquoi on reste tant attaché à une œuvre et à une seule, pendant toute sa vie, comme à un mirage, et comment on préférerait se faire couper la main plutôt que de sacrifier cette adoration, surtout lorsqu'elle est à la lisière du monde des adultes ; mais ce mystère, n'est-ce pas le courage pur et simple ? Avoir le courage de soi, de se dire, de se montrer et de laisser couler tous les secrets, d'en inventer.

Le dernier début — car ce texte aurait le caractère de l'infini, de l'abîme, et de la tentation de se détruire lui-même — va vite : le jeunot est à l'arrière d'une moto conduite par un comédien qui fonce à travers la grisaille, le crachin. Dernier jour de tournage : une cour de manufacture grise et ocre, un extérieur de raccord, des chiens qui aboient tenus en laisse par leur dresseur, une vieille voiture, une caméra. Une présentation rapide. Un regard. Des pages à écrire sur ce regard.

Le comédien est amoureux : que d'histoires d'amour. Jeune loup berzingue, il porte la toque de Davy Crockett, ouvre le champagne au sabre comme un arrière-grand-père polonais, saute dans les ascenseurs pour les décrocher, sa voiture l'emmène une nuit jusqu'au lac d'une forêt qu'éclaire la lune : il entre dans l'affiche du spectacle. Une fois il dit qu'il est orphelin, une fois il dit qu'il fait du théâtre parce qu'il a vu sa mère pleurer le jour de la mort de Gérard Philipe, toujours la même histoire. Il s'arrête devant un grand mur qui encercle une bâtisse, un orphelinat justement, il dit : « J'y étais pas moi, j'étais à la pension à côté, mais on se tirait et aux heures de récréation, on allait leur jeter des clopes, il y en avait toujours un, à l'écart... » L'acteur dit qu'il ne veut plus faire de théâtre avec ce metteur en scène-là parce qu'il le met toujours dans le noir et qu'on ne le reconnaît pas dans la rue, qu'il fait ce métier pour être dans la lumière. Plus tard, un surplus d'ivresse l'amène à tambouriner comme un dément à la porte du même metteur en scène, et à hurler son nom.

L'échalas aussi est amoureux. Il habite une chambre de bonne tout en longueur, comme un couloir, avec des barreaux au bout, et il organise pour le metteur en scène un dîner de lys blancs, d'huîtres et de camembert, qui affameront l'affamé. Il lui fait écouter de vieux 78 tours. Puis il lui demande : « Je peux vous embrasser ? »

Une nuit — tout se passe la nuit — il s'est abruti de somnifères, il dort sur son lit étroit d'enfant, il a remis cette chemise rose délavé qu'il portait au lycée pour la maudite gymnastique. Quelques heures plus tôt l'autre lui a dit : « Je ne veux plus vous voir » ou « Je ne peux plus vous voir », et s'est écrasé à l'arrière d'un taxi avec ses lunettes noires. Il descend à toute vitesse les marches du métro Opéra, il pleure, il crie, une voix qu'il ne se connaissait pas monte de son ventre et hurle par sa bouche, et ça lui est égal que tout le monde le voie dans cet état. Le hasard lui a mis à ce moment une pile de 45 tours dans les mains, tous les hits de l'été passé. Il s'assied sur un banc pour attendre le métro, il ne crie plus, il pleure toujours. À côté de lui est assis un Noir, dont il sent la présence, qui le regarde de biais avec douceur, et qui lui prend les disques d'entre les mains pour les regarder, et à chaque titre, se met à en chanter l'air, pour le consoler. Il entend frapper dans son rêve. Ce n'est pas possible que l'autre soit revenu. Il se lève en titubant, sans y croire, il ouvre la porte : l'autre est là, trempé par la pluie, il s'évanouit dans ses bras.

L'autre le porte dans son petit lit, ils s'endorment chastement.

Il lui a raconté l'histoire du Noir avec les disques, c'est un secret. Il retrouvera le secret dans un film qu'il n'a pas écrit. L'autre l'a trahi. D'autres secrets se retrouveront un jour dans un article ou dans un dossier de presse. Ensemble ils se mettent à raconter une histoire, ils se posent le problème de la trahison. De l'amour : le travail devient comme un parloir, une cuve où on l'abandonne.

(1982)

Pour P.
Dédicace à l'encre sympathique

J'avais à l'égard de cet homme un sentiment biscornu : à la fois j'aurais pu dire que je l'aimais et, lorsqu'il m'arrivait de me retrouver en face de lui, enfin, j'avais envie de lui sauter à la gorge.

Je rêvai que j'habitais son appartement, mais ce rêve n'était pas encore meurtrier, je ne m'appropriais pas les biens d'un défunt, il me les avait abandonnés, par lassitude, par amitié, il avait désiré des meubles neufs, et il m'avait cédé le canapé de velours vieux et râpé, les fauteuils trop profonds et dépareillés, le système stellaire monté sur tiges d'or, le théâtre de guignol de son enfance, les rideaux mités, les loupes de verre cerclées de bois sombre, tous ses objets les plus chers, la chouette empaillée et la couronne de mariée en perles de cire, le coussinet vide sous sa cloche funéraire, il me les avait légués, sans regrets, et j'étais seul, maintenant, dans cet appartement trop grand, assis dans un de ces fauteuils trop profonds qui sentaient la rose pourrie, il m'appartenait mais je ne savais pas comment l'occuper, chaque geste ou chaque pas m'effrayait, j'étais comme l'intrus sacrilège qui avait violé les scellés. Cet appartement que j'avais tant de fois traversé, non comme un ami et encore moins comme un amoureux, comme un simple collaborateur, marchant à pas légers, glissant presque sur les longues lattes de bois vernissées qui donnaient au parquet l'horizon chaviré d'un paquebot en train de couler, il me semblait que des années plus tard j'aurais pu le retraverser en aveugle, les yeux bandés, et que dès maintenant, à distance, je pouvais en recenser toutes les images et toutes les babioles, les crinières de feu peintes par son père, les adolescents maigres, les fumeuses lascives, les monstres pris à Hoffmann, les squelettes dans leurs gigues, et jusqu'à la poussière rédhibitoire teignant à jamais la tranche de certains livres, le trousseau de toilette inutilisé, le broc et la cuvette de faïence, soudain je les laissai tomber par une fenêtre, en vrac, pour qu'ils se brisent dans la benne à gravats pleine d'ordures d'une entreprise de nettoiement, au lieu de les baiser ou de les vénérer en silence je les jetai au feu, mon rêve était dépassé.

Mon dossier sous le bras, dont l'épaisseur devait s'accroître d'année en année, je me dépêchais de monter l'escalier ; les larges marches blanches qui s'épandaient en courbes comme les lamelles de marbre d'un éventail monumental, je les gravissais deux par deux (et les rêves doublaient ce régime), dans un élan formidable, et je rasais les angles aux bordures de la rampe, comme pour m'assurer que je connaissais ce trajet par cœur, et qu'il ne pouvait me faire défaut, même ces jours d'orages qui l'obscurcissaient presque complètement, comme le couloir de course maîtrisé par l'athlète. Arrivé au deuxième étage, j'étais essoufflé ; planté devant sa porte, je m'accordais le temps de me reprendre, pour pouvoir me présenter à lui l'air le plus détaché et le plus calme possible, comme un commis, mon souffle apaisé, mais parfois aussi, certains après-midi de rage, de ce ressentiment trop vif que déjà il provoquait en moi, il me plaisait au contraire d'arriver le cœur battant, le souffle coupé, au point de ne pouvoir prononcer un mot pendant plusieurs minutes, comme pour l'effrayer. La grande porte de bois bleu sombre et vernissée ne portait d'autre inscription ou d'autre trace que les éraflures de la barre de fer des cambrioleurs qui lui avait valu un renforcement supplémentaire, généralement il n'en parvenait aucun son (je dis aucune inscription, pourtant j'étais presque jaloux du début de graffiti illisible qu'une clef ou un canif sans doute surpris dans sa tâche avait laissé sur sa porte) ; un œilleton, qui n'était jamais fermé, laissait percer un petit point de lumière vive ; j'attendais le moment où son pas, qui était décidé, toujours en retard par rapport à la sonnerie, et qui s'accompagnait souvent du bruit d'une cigarette qu'on allume, ou d'un cigarillo qu'on rallume, allait m'annoncer cette ombre passagère qui troublerait, une seconde au plus, l'éclat de lumière si infime. Alors mon cœur pourtant dompté se remettait à battre, et je me dépêchais de changer mon dossier de main, pour m'assurer que la paume que je lui tendrais ne serait pas moite. Souvent, encore, et bien avant qu'il eût le temps d'être assez près de l'œilleton qui pouvait trahir mon geste, je replaçais d'une main sur mon front, afin de le cacher, les boucles qui avaient pu voler dans le vent, je marchais toujours tête baissée en allant chez lui. Enfin il ouvrait la porte, et chaque fois son regard, qui, d'un jour à l'autre, pouvait être oblique ou droit, et jusqu'aux dernières visites, me touchait au cœur. Il le voyait, et de fois en fois le vice de ce regard se sentait davantage assuré de son effet, de mon bouleversement. Je lui tendais ma paume asséchée contre le pantalon, et lui, plus petit que moi, approchait ses lèvres de mon visage. Je le dépassais rapidement pour entrer dans la pièce, j'entendais sa voix dans mon dos, et je ne me retournais pas, j'étais terrorisé à l'idée qu'il pût discerner quelque chose de ridicule dans mon habillement. Je n'avais jamais autant honte qu'en sa présence d'un ourlet de pantalon défait, d'un col de chemise râpé, d'une tache quelconque, même d'un bracelet de montre trop neuf qui pouvait dépasser d'une manche, et dont je soupçonnais qu'il trouverait l'éclat vulgaire. Lui-même était, comme toujours, assez mal habillé, ou plutôt indifféremment, de vêtements ternes et communs, mais il se permettait souvent des remarques sur mon habillement, comme pour me mortifier un peu plus. Il savait combien je pouvais être mal à l'aise physiquement devant lui, et il s'en amusait avec une ironie taquine, plus attentive que désagréable. Tantôt il me disait, en baissant les yeux sur mon pantalon : « Ah oui, c'est une forme de pantalon que je n'aime pas du tout, je ne mettrais jamais ça », tantôt en reconnaissant ma veste : « Ah, mais ça fait deux ans que tu mets la même veste, tu pourrais quand même t'en acheter une autre », tantôt, touchant du bout des doigts ma cravate : « Quelle horreur, c'est une cravate de deuil, tu n'es pas fou de mettre ça ! »

Il était superstitieux. Certains jours, parce qu'ils portaient sur le calendrier un numéro qu'il disait néfaste, il ne voyait personne et restait enfermé chez lui. Il avait au contraire ses jours d'élection, auxquels il commençait un nouveau travail, acceptait une commande ou signait un contrat. Il était né le jour des morts.

Longtemps j'avais ardemment désiré de lui un cadeau, un jour de Noël ou d'anniversaire. Venant de lui, le cadeau le plus quelconque aurait acquis un prix extraordinaire, mais ce cadeau ne venait pas. Des années je l'attendis tout en sachant que s'il pouvait de son côté soupçonner ma requête, il l'aurait trouvée vile et prétentieuse. Un de ces jours des Morts, de la deuxième ou de la troisième année, je ne m'en souviens plus, comme pour lui exposer mon souhait, à l'envers, je me décidai, dans le petit studio que j'occupais, à choisir un de mes objets peu nombreux, et un de ceux, précisément, auxquels je tenais le plus, et à le lui apporter, sans paquet, sans papier d'emballage, pour bien lui montrer sa provenance, ce fut cette porcelaine mate, ce traîneau de neige plein de pétales de fleurs que convoyaient deux anges nus. Il hésita, puis alla la poser dans sa chambre, non loin de la chouette empaillée, cette chambre, toujours dans la pénombre, à laquelle je n'avais eu accès qu'indiscrètement, clandestinement, en découvrant, d'un coup d'œil en biais, des chaussettes qui sortaient de bottes, ou une serviette jetée sur une chaise. De sa vie la plus intime, je ne voulus jamais rien savoir, je ne lui posai aucune question et lorsque je compris un jour qu'une personne avait pénétré dans cette chambre, et qu'elle pouvait y avoir accès de nouveau, et lorsque dans une conversation, avec ce plaisir si intense qui consiste à parler à un tiers de celui qu'on aime, il fut sur le point de me dévoiler son nom, je devins sourd par le seul effet de ma volonté, et reléguai cette personne à l'état d'autre, d'initiale. Devant lui, je n'en parlai jamais que sous la lettre X.

Longtemps, nous nous étions vouvoyés, et quand son corps s'était couché sur le mien, je l'avais encore vouvoyé. Puis son corps ne s'était plus couché sur le mien, plus jamais, et des années plus tard nous nous vouvoyions encore. Un jour, le vin aidant, ou la gaieté d'une trouvaille dans le travail, il me dit : « Cela fait bien longtemps que nous nous vouvoyons, on pourrait peut-être se tutoyer, non ? »

Jamais ne survint la réplique de mon cadeau, et j'eus beau l'attendre, je ne le renouvelai pas. Mais je mens lorsque je dis que plus jamais son corps ne se recoucha sur le mien. Chaque année, mais une seule fois par an, comme un anniversaire, à une date imprévisible qu'il était le seul à pouvoir fixer, il n'avait qu'une parole à dire, ou plutôt qu'un regard à me tendre, pour que je me redonne à lui, pour qu'aussitôt je me dévête et que je m'allonge sur le sol, fût-il de glace ou de feu, devant lui, pour que mes genoux plient, pour que mes bras l'encerclent. Jamais je ne pouvais le retenir plus du temps accordé à la jouissance, il refuyait, et je finis par prendre ces étreintes annuelles comme des sortes d'examens, de tests de disponibilité ou d'aveuglement, et elles me répugnèrent, je les trouvais toujours plus tièdes et mécaniques, d'une horrible et humide tiédeur. L'année qui précéda l'événement que je vais raconter, je me cabrai et l'abandonnai au plus profond de la misère de son ivresse.

Souvent, lorsque j'avais rendez-vous avec lui, et toujours chez lui, je m'efforçais d'être excessivement ponctuel. Mais toutes les premières fois, lui n'était pas là, il avait pris du retard lors du précédent rendez-vous, ou avait oublié le nôtre, ou feint de l'oublier, et après avoir accompli les gestes déjà rituels du passage du dossier d'une main dans l'autre, puis de l'épongeage d'une moiteur éventuelle sur le revers du pantalon, puis de cette main repassée dans les cheveux au tout dernier moment, celui de la sonnette, je devais me rendre à l'évidence de son absence. Mais peut-être était-il chez lui, occupé, ou n'était-il pas seul, je me retournais pour voir si personne ne pouvait me surprendre et j'approchais mon œil au plus près de l'œilleton mais il ne me donnait qu'une impression de froid lumineux, et enfin j'étais soulagé, entendant la sonnerie forte du téléphone, de constater que personne ne décrochait. Je m'asseyais sur une marche, même dans le froid le plus vif, et je l'attendais, un quart d'heure, une demi-heure, une heure, je ne bougeais pas, m'empêchant de prendre le livre qui était dans mon dossier, je ne faisais que le maudire, comme une prémonition de toutes les malédictions que j'allais jeter sur sa tête, je le maudissais de ne m'avoir pas prévenu, ni laissé un mot sur sa porte (je savais bien que le mot le plus bref et le plus ordinaire aurait été conservé précieusement), je restais assis sur ma marche mais mentalement je me voyais me lever, et attacher un lien à l'anneau qui pendait au sommet de la cage d'escalier ou à un des motifs de la rampe, et je me laissais tomber dans le vide, étranglé par le lien qui s'était déroulé, je voyais mon corps ballotter et je le voyais arriver, rapidement, enlevant ses lunettes noires, allumant une cigarette, et je prenais du plaisir à le voir se cogner dans mes pieds ballants et lever son regard vers mon visage bleui. Mais il arrivait pour de bon et feignait la surprise, il me disait une parole d'excuse mécanique et pressée, et ouvrait sa porte. Comme par décence vis-à-vis de moi, comme pour m'accorder à moi-même cette décence qu'il me refusait, je réduisais oralement le temps de mon attente, je mentais et il n'était pas dupe, j'étais frigorifié et il ne me proposait aucune boisson chaude, nous passions directement à sa table de travail. Nos seules entrevues se déroulèrent ainsi les premières années, mais dès la troisième année, et cela était pour moi comme une victoire lente et insidieuse qui en même temps me faisait aussi mal qu'une ablation de ce qui m'était encore le plus cher, ce sentiment extrême que j'avais pour lui, si confusément placé entre l'amour et l'amitié et l'admiration, je ne l'attendais plus, je ne m'asseyais plus sur la marche glacée, je descendais au café, comme il me l'avait conseillé. Il m'y retrouvait, s'excusait, et nous buvions ensemble un café, il plaisantait, nous parlions de choses et d'autres, de choses quotidiennes comme nous ne nous permettions presque jamais d'en dire entre nous. La quatrième année, mais peut-être vais-je trop vite dans cette chronologie, un petit mot avec la première lettre de mon prénom, et qui était clos par la première du sien, était coincé dans une rainure de la porte. Je le dépliai avec délectation, espérant même parfois qu'il ne serait pas là, juste pour que ce mot, qui portait pourtant le minimum de sentiment, soit présent à sa place. Je le mis dans ma poche et descendis au café. La cinquième année, un coup de téléphone, tôt le matin, me prévenait généralement que le rendez-vous était retardé ou avancé. Un jour de la sixième année, ne voyant aucun papier qui dépassait de la porte, et étant assuré qu'il serait là, je fus accablé de devoir ressonner dans le vide, et je me pressai de ne pas l'attendre, fût-ce cinq minutes. Par peur de le croiser dans la rue, je me dépêchai de trouver un taxi pour rentrer chez moi. J'avais juste laissé sur sa porte un petit mot, qu'il me dit implacable et sans retour lorsqu'il me téléphona, sa sonnerie me précédant alors que je montais encore mon escalier, et je savais que c'était lui. Je lui parlai froidement et repris un autre taxi pour le retrouver. Il fut particulièrement chaleureux. Toutes les fois suivantes, j'avais l'assurance qu'il serait là, qu'il n'aurait pas une minute de retard. Le roi de la jungle était dompté, ou peut-être était-ce le lion qui avait soumis son dompteur, mais l'un ou l'autre, à ce point de soumission, attaqua l'autre pour le briser, et ces visites furent de plus en plus rares. La rupture se produisit dans le cours de la septième année, par à-coups, comme par assauts, et ni l'assaillant ni la forteresse, au risque de se rompre le cou, ne voulurent courber la nuque.

À cette époque, son appartement, qui n'avait pas encore été revendu pour être transformé en bureaux, se composait ainsi : on y entrait par une sorte de couloir large, de hall plutôt, qui donnait, à gauche sur la cuisine, et à droite sur la porte de la chambre toujours fermée, ou entrouverte, puis il y avait, en face, une porte ouvrant sur trois pièces consécutives, aux fenêtres sur rue, premièrement un salon où il recevait ses visiteurs, mais qui était aussi une salle de lecture, une sorte d'antichambre à la vraie salle de travail, dans laquelle on pénétrait alors, et qui était presque exclusivement composée, outre la bibliothèque sculpturale, taillée dans le bois brut, qui tapissait tout le mur du fond, de simples planches posées sur des tréteaux recouverts de vieux rideaux usagés où s'entassaient, différemment, les piles de livres et de dossiers relatifs à ses travaux en cours, et, plus au centre, une table plus grande qui faisait office de bureau, au confluent de toutes les autres tables, vers lequel elles se déversaient, successivement et en partie. Son fauteuil, de bois œuvré et profond, faisait face aux fenêtres, comme à la maigre chaise branlante sur laquelle ses quatre ou cinq collaborateurs, à contre-jour, et dans les différentes tranches de temps qui leur étaient imparties, se succédaient. C'est sur cette chaise que je m'assis, durant six ans, pour accomplir cette œuvre irréalisable dont nous rédigeâmes douze versions différentes, avant l'abandon. Il arrivait souvent que l'heure d'un travail empiète sur celle d'un autre, et que deux collaborateurs se croisent, effarouchés, se tendant timidement la main à travers lui, enrageant secrètement de trouver sa chaise occupée, ou, inversement, de devoir la céder.

Cette salle de travail, où parfois il me faisait écouter un peu de musique, ou me laissait entre les mains un album de photos, pour me faire patienter lors d'une trop longue liaison téléphonique, donnait, tout au fond de l'appartement, sur une bibliothèque inoccupée, qui devint plutôt un débarras, et qu'il tenta de transformer en chambre d'ami, qui ne tarda pas à ressembler, malgré son lit muni de draps et de couvertures, comme dans certains films d'horreur, à cette chambre condamnée qui fut un jour celle de l'être cher et défunt ; de l'autre côté le bureau s'ouvrait sur sa chambre, et il lui arrivait, à l'intérieur du temps réservé au travail, soit de débrancher son téléphone dans l'une ou l'autre, ou l'une et l'autre des pièces, soit de transplanter le poste du bureau dans sa chambre pour pouvoir s'y livrer, une fois la porte fermée, à une conversation plus intime dont je guettais chaque mot. Si l'on traversait sa chambre, ce que j'eus l'occasion de faire une fois, le cœur battant, comme un voleur, alors qu'il était descendu raccompagner le précédent visiteur (que signifiait un tel geste de prévenance, qu'il n'avait jamais pour moi ?), on se retrouvait dans la pièce d'entrée, restée vide longtemps, jusqu'à ce qu'il se décide à y mettre une table, des chaises, et à acheter de la vaisselle.

Un de ces jours de travail, car, je l'ai déjà dit, et ce récit en ce point risque de paraître une longue trame de jalousie, nous n'avions plus aucune relation hormis celle du travail, il s'excusa de sa mauvaise forme, de son peu d'entrain. Il avait trop bu, me dit-il, la veille au soir, c'était précisément le lendemain du jour des Morts, je m'étais bien gardé de lui faire remarquer que je m'étais rappelé cette date d'anniversaire, et alors que je venais de découvrir la présence de la table et des chaises nouvelles plantées dans l'entrée, il ajouta : « Oui, j'ai fêté mon anniversaire, et pour la première fois ici, j'ai invité mes amis, c'est fou ce que c'est agréable de dîner chez soi. » Je n'aurai pas besoin de dire l'effet que produisirent ces mots.

En fait, il ne me donnait d'autre signe d'amitié que ces cartes postales qu'il m'envoyait à chacun de ses voyages, de Rio de Janeiro ou de Budapest, et dont les quelques formules usagées, mais dont tout à coup il n'était plus avare, devenaient un baume dans le désert habituel.

Chaque fois qu'un de mes livres sortait, un de ces livres que peut-être je n'avais écrits et fait paraître que pour lui, non tant pour lui prouver que je pouvais marcher seul que par crainte qu'il ne m'abandonne un jour, dans ce travail que nous avions entrepris, et auquel je tenais par-dessus tout, parce qu'il était lié à lui, parce qu'il me liait à lui, pour le léguer à quelqu'un d'autre, une personne connue et reconnue, il se contentait de me remercier au téléphone par deux ou trois mots chaleureux, qui ne lui coûtaient rien, qui ne laissaient aucune trace. Ainsi je m'efforçais à mon tour, par mes livres, d'être un tant soit peu connu et reconnu pour que mon nom un jour puisse être accolé au sien, et à égalité, comme un mariage secret, sur une affiche, sur un journal.

Pendant six ans, je m'étais mis à sa disposition et j'avais fait passer sa demande avant tout, et avant mon propre travail, celui-ci n'existant au départ que pour combler les vides que son absence et ses autres travaux, comme des trahisons du nôtre, me faisaient subir. Je l'attendais. Il pouvait ne me donner aucune nouvelle pendant six mois, et d'un jour ou d'une nuit à l'autre revenir à la charge, et exiger de moi des dizaines de pages qu'il se mettait sous mes yeux à biffer, à souligner, à recopier, comme pour se les attribuer par sa propre écriture. Il pouvait me réveiller à trois heures du matin, du standard de l'hôtel d'un pays étranger où son travail le retenait depuis des mois, pour me dicter une liste de corrections, qui consistaient souvent en des déplacements de virgules, et que je devais dès le lendemain reporter sur la prochaine version, qui était peut-être la sixième, mais que sur sa décision nous ne faisions toujours lire à personne, et cela voulait dire aussi, alors que depuis quatre ans je n'avais pas touché un centime pour ce travail, retaper entièrement une centaine de pages, soudoyer des secrétaires, m'infiltrer la nuit ou des dimanches après-midi dans le seul bureau qui m'était accessible et dont les machines possédaient les seuls caractères qui lui convenaient, et payer des photocopies, puis lui poster le nouvel exemplaire en exprès, en attendant ses prochaines corrections. Et pendant six ans je m'étais mis à sa disposition, j'avais attendu, si ces termes peuvent avoir quelque chose de réel, le cœur et l'âme grands ouverts, pour qu'il vienne y prélever, comme une dîme, comme une ponction au plus profond de moi-même, l'écume, tout le sel de la surface d'eau asséchée, la crème déposée sur le lait sali et vidé de ses substances (ce lait-là était un peu toute mon autre écriture, qui devait quand même noircir les pages de cinq ou six volumes, mais rétrospectivement je dus convenir que c'était cette écriture à laquelle j'attachais d'abord le moins de prix, l'écriture morfondue de l'abandon, qui était la plus précieuse). Et en échange de cela, aucune gratification : je ne comptais pas, et j'étais bien vaniteux de le regretter, parmi ses quelques amis qui pouvaient figurer autour de sa nouvelle table d'anniversaire ; il prenait souvent garde d'omettre mon nom dans les interviews où il devait parler de notre travail.

Pourtant, pour atténuer un peu l'aigreur de ces récriminations, je suis bien forcé de me rappeler ce contrat tacite que dès le départ il m'avait proposé, et que j'avais accepté, avec joie : non pas d'être son nègre, comme tout ce qui précède peut le laisser penser, mais de travailler ensemble dans la plus grande liberté, sans être payés, ni l'un ni l'autre, pour pouvoir mener notre travail là où nous voulions exactement le mener, sans aucune contrainte extérieure de temps ni d'argent. Cela était possible puisque l'un comme l'autre, à des échelles différentes, nous avions un travail qui nous faisait vivre. Mais deux ans après ce pacte, une première fois, il le trahissait.

(1982)

Vertiges[*]

Le médecin qui m'examinait scruta le fond de mon œil avec un pinceau lumineux, puis avec différents marteaux très légers de par tout le corps il provoqua des tressaillements, des contractions nerveuses, il pinça la partie inférieure de ma lèvre et dit : « Vous êtes sujet au vertige, n'est-ce pas ? »

1. J'avais passé la nuit avec T. Nous nous étions levés, j'avais déjà pris une douche, et nous nous étions habillés, ensemble nous étions descendus prendre le petit déjeuner chez Madame Odile, puis nous étions remontés et à son tour T. s'était redéshabillé pour prendre une douche. Soudain on m'appela au téléphone et je quittai T. couché sur mon lit pour répondre à ma mère dans la pièce voisine, dans mon bureau. Ma mère avait une bonne voix, elle venait de passer plusieurs jours avec sa sœur, nous parlions du mauvais

* Ce texte, que Hervé Guibert date de 1983, a d'abord paru dans le numéro 50 de la revue *Minuit*, en septembre 1982. *(Note de l'éditeur.)*

temps qui était commun à nos deux lieux d'appel. Je raccroche et je retourne dans ma chambre, T. ne s'y trouve plus. Je vais dans la salle de bains, dont la porte est presque complètement poussée, T. s'y trouve peut-être. Non, il n'y est pas. Je retourne dans le bureau, il n'y est pas non plus. Je l'appelle, il ne répond pas. Je pense qu'il s'est caché, et ma frayeur commence à monter lorsque je regarde en vain derrière chacune des portes. Il ne peut être sur le balcon, il ne peut être sorti de l'appartement. Je ne l'ai pas entendu et sa silhouette, fût-elle furtive dans mon champ de vision, l'aurait trahi s'il avait voulu accéder aux fenêtres. Je passe d'une pièce à l'autre et je pense alors qu'il se déplace peut-être en même temps que moi, *a contrario*, dans mon dos, à ma barbe. Ma voix devient suppliante ; aucun doute, dans notre familiarité, qu'il ne puisse percevoir la peur extrême qui m'a envahi. Car, en me plaçant à la limite des deux pièces, une jambe de chaque côté et en faisant pivoter mon regard d'un côté puis de l'autre, je m'aperçois qu'il ne peut me suivre, ni me précéder, puisqu'il n'est pas là. Je sais maintenant qu'il ne peut être en aucun endroit de l'appartement. L'espace de quelques secondes, je pense devenir fou, je suis pris d'un vertige épouvantable qui ressemble à ma mort : je n'ai jamais connu T., puisqu'il n'est pas là, puisque rien ne trahit sa présence. Dans l'état de notre amitié, il se serait manifesté depuis longtemps, il ne m'aurait pas abandonné dans ma peur. Il n'existe pas, je l'ai inventé. Ou peut-être est-ce moi qui n'ai aucune existence dans ces pièces, qui n'y ai jamais habité. Je dois être mort depuis longtemps, je suis un fantôme, un visiteur incongru. C'est T. qui est vivant, le locataire de ces lieux que j'ai habités il y a des dizaines d'années, avant mon décès. Ma main est à proximité d'une porte vitrée et je pense passer mon poignet au travers pour revenir à la réalité, pour que mon sang et le fracas du verre viennent à mon secours. Je hurle. Mais j'entends la voix de T., il sort de dessous ma couette, sur mon lit (j'avais complètement oublié cette possibilité, en cherchant mes yeux étaient passés sur cette forme ramassée sans le moindre soupçon), je prends un tas de vêtements à terre et en criant je les lui envoie au visage, des pièces de monnaie sont projetées sur les murs et retombent, des papiers, une bille de son enfance qu'il garde toujours dans une de ses poches comme porte-bonheur. Je sanglote, il me tend sa main. Je remarque que j'ai glissé sur le tapis de l'entrée, et avec ma chemise blanche pendue à une poignée de porte, avec les petits carrés de papier éparpillé, ce champ de vision vide, dévasté, avec son tapis plissé, T. étant hors du champ, est le reflet exact de ma frayeur, de sa disparition. Froidement, je me lève et vais dans la pièce voisine pour prendre mon appareil photo, je retourne m'asseoir sur le lit où T. est resté couché, et je sors l'objectif de l'appareil, je vise l'emplacement vide et je dis : « image d'une frayeur ». Mais avant que j'aie pu prendre la photo, T. m'arrache l'appareil des mains et prend les dernières photos du rouleau, à vide. En le remontant avec violence il casse l'appareil. Je lui fais un reproche. Il pleure comme un enfant et refuse d'avouer l'objet de sa tristesse.

2. Je me trouvais avec M. à Berlin, nous avions gardé une journée pour passer la frontière et ce mardi-là, depuis dix heures du matin, nous étions à l'Est. Mais le musée de peinture où je voulais retrouver les Leibl, les Liebermann, avait la plupart de ses salles fermées. Et les deux cafés où je voulais emmener M., ces deux cafés où j'étais passé deux ans plus tôt avec T., étaient fermés : le premier tous les mardis, le deuxième n'ouvrait qu'à dix heures du soir, peu avant le délai pour repasser à l'Ouest. Désœuvrés, nous longeâmes une rue qui s'appelait l'Allée des Jolies Maisons, elles étaient toutes laides. Nous entrâmes dans le cimetière juif pour nous promener entre les tombes, mais elles étaient toutes semblables, et peu spectaculaires. M. voulut quitter le lieu, au plus vite, comme il voulait quitter Berlin-Est. Mais au bout du très long mur qui bordait le cimetière s'élevait une étrange bâtisse tout en hauteur, une tour de briques rouges qui portait sur un écriteau : Maison de la jeunesse. Depuis que nous étions passés à l'Est, nous n'étions entrés dans aucune demeure, sinon le musée, sinon un café où nous avions dû faire la queue avec les autres consommateurs, et je décidai que nous visiterions cette maison avant de partir. M. rechignait, mais je montais déjà l'escalier, qui était haut et raide, encombré de caisses de bouteilles vides. M. me suivant, je ne me retournais pas : je savais que la moindre de ses paroles me dissuaderait d'aller plus loin. Soudain

j'eus peur, mais je poussai quand même la porte à battant, et débouchai, sans avoir le temps de bien comprendre ce qui m'arrivait, dans une pièce large entièrement occupée de personnages assis, tous plus vieux les uns que les autres, qui dans le silence parlaient avec leurs mains, et qui portaient de petits chapeaux plats de papier surmontés de cubes qu'ils faisaient pivoter de temps à autre, comme pour agrémenter leur conversation de signes supplémentaires. Sur les faces des cubes, en effet, étaient dessinés différents objets ou animaux, des bouilloires, des poules, des aspirateurs, des chaises roulantes, des hérissons. Tous se tournèrent vers nous. J'avais déjà amorcé un mouvement de recul quand je trébuchai sur le dos d'un homme tout petit : il se retourna, et non seulement il portait un de ces fameux cubes sur son chapeau, mais aussi, malgré sa très petite taille, une longue barbe filandreuse d'étoupe noire qui vrillait jusqu'à ses pieds. Quand il releva la tête pour me regarder, il se mit à pousser des cris perçants, des sonorités proches de certains mots et à peine humaines comme on peut en entendre dans la bouche de ceux qui n'ont jamais entendu parler. M. dégringolait l'escalier à toute vitesse. Je quittai le nain menaçant. Quand nous nous retrouvâmes seuls, M. et moi, dans la rue déserte, au pied du bâtiment, nous décidâmes de ne jamais raconter cette histoire : personne ne la croirait.

3. Je ne connaissais pas encore T. J'étais revenu vivre à Paris depuis peu : j'avais à peine dix-huit ans, je logeais dans une pièce unique, tout en lon-

gueur, et dont la fenêtre fermait par des barreaux. Je tombai malade et, comme je n'avais aucun ami pour venir me soigner, après avoir attendu plusieurs jours sans aucun médicament conséquent, et comme ma fièvre s'était aggravée, je décidai de prendre un train pour rejoindre mes parents. Mais les cinq heures de train m'avaient achevé : lorsque mes parents vinrent me chercher à la gare, j'étais à peine conscient. Ils me couchèrent et appelèrent un docteur. Mais le docteur tardait, et dans mon lit, tout l'espace se mit à basculer autour de moi. Je n'avais plus aucun point de repère de mon corps par rapport aux dimensions environnantes : il y avait entre elles et moi une disproportion insupportable et qui jurait ma perte, tantôt l'espace était minuscule et mon corps trop immense pour l'habiter, tantôt mon corps trop infime se noyait dans la chambre gigantesque. J'avais peur, je criai. Ma mère vint à mon chevet. Je vis son visage penché sur moi et j'entrevis dans ce visage comme une équation salvatrice. Il me fallait baiser ses lèvres, au plus vite, ou plutôt il fallait qu'elle baise les miennes, seul ce contact pourrait me rétablir à ma place dans l'espace, dans le monde, dans la vie. Si ma mère ne voulait pas baiser mes lèvres, je n'avais plus qu'à me jeter par la fenêtre. Je la suppliai : mon délire lui fit peur, elle s'éloigna, et je perçus que dans le couloir elle disait quelques mots de son effroi à mon père. Je ne pouvais pas me jeter par la fenêtre : ma mère l'avait fermée, elle avait même descendu le volet. Alors je me levai et sortis dans le couloir, me pressant les yeux des deux poings, et tout en me cognant aux parois, dans cet aveuglement forcé, dans cette obscurité traversée d'étincelles, de trappes, de monstres lumineux, je me dirigeai jusqu'à la salle de bains, jusqu'au seul miroir qui se trouvait dans cet appartement : ma mère refusait de baiser mes lèvres, je n'avais plus comme recours que l'assurance de ma propre face. À tâtons j'allumai, sentis le lavabo froid contre mon ventre, et rouvris mes yeux face au miroir : je me reconnus et je redescendis sur le sol des hommes raisonnables.

(1983)

Le bal des cœurs solitaires

Un garçon entre dans ce lieu public où il se trouve et lui sourit. Ils se parlent. Il découvre que tous les souvenirs du garçon et ses agissements remontent à plus de cinq ans, malgré son jeune âge. Il sort de prison : il a ouvert le bide d'un jeune Turc et il est revenu ce soir, précisément, dans ce bar fréquenté par des Turcs, des Yougoslaves, des Grecs, des noirauds qui se vendent à des blonds. Il est le seul garçon blond : ses cheveux sont longs et bouclés, il porte une chemise de soie d'une qualité rare qui détonne sur la brusquerie de son cou, de son nez raboté, un larcin. Son pantalon moulant et déchiré n'est porté, comme un instrument de travail, que pour alerter les clients. Il en ouvre la braguette sitôt la porte de l'appartement refermée, et dit : « Comme ça, tu n'auras pas à t'énerver », cela fait partie de son numéro. L'homme à qui il accorde une jouissance contre une certaine somme d'argent y ajoute, d'un geste irréfléchi, cordial, une petite bague avec un diamant qu'il tient de sa famille. En partant le garçon lui donne rendez-vous pour les trois derniers jours du mois, là où ils se sont rencontrés, à la même heure. Il doit partir pour la Yougoslavie, acheminer un camion volé et l'homme repart dès le lendemain sur son île. Pendant presque un mois, l'homme repense au garçon, parle du garçon et lui parle fantasmatiquement en rêvant, en jouissant. Un peu avant la fin du mois, d'impatience, d'ennui il quitte l'île pour se rendre à ces rendez-vous. Il cherche le garçon à travers toute la ville, il n'a aucune autre occupation, il fréquente de nouveaux bars, le soir il se couche avec le désespoir de ne pas l'avoir retrouvé, le matin il se lève avec l'espoir que ce jour sera le bon. À cent garçons il prononce ce nom qui lui brûle la bouche. Dans la boîte où il l'a rencontré un des garçons lui désigne un vieil homme aux longs cheveux blancs qui n'est pas un maquereau mais qui reste assis, sur un tabouret du bar, pour son plaisir, de l'ouverture à la fermeture, il lui dit : « Va trouver ce vieux, il nous connaît tous, lui saura te donner des nouvelles de celui qui t'obsède. » Mais le vieillard en entendant le nom le tutoie : « Tu es fou d'être amoureux, lui dit-il, ceci n'est pas de mise ici, ceci est hors de la règle et même si je connaissais ce garçon je ne t'en dirais rien. » Enfin, troisième jour avant la fin du mois, celui qui devrait dépasser l'échéance du rendez-vous, et qu'il redoute, un garçon lui donne une piste : le nom d'un dancing dont il n'a jamais entendu parler, « Le Bal des cœurs solitaires ». C'est un endroit sinistre fréquenté par des femmes de quarante à soixante ans, les hommes doivent y porter une cravate, certains gigolos, par lassitude des efféminés, s'achètent donc une cravate et défilent devant ces femmes assises qui attendent en chaleur, sans s'adresser la parole, qu'on les invite à danser. Un de ces garçons a remarqué qu'il l'observait et, comme le premier garçon du premier soir car il veut croire que c'est à cet instant-là que sa vie moribonde a repris, lui sourit. À cent garçons il a prononcé le nom, celui-là est le cent unième et il pense que cela suffit pour qu'il s'abstienne de le reprononcer, il l'emmène chez lui. Le garçon lui accorde une jouissance semblable à celle qu'il avait connue, il le paye de sa besogne et soudain, avant qu'il reparte, comme par mégarde et indifféremment, il flanche et reprononce le nom. À ce mot le garçon lui décrit très précisément le premier garçon et lui annonce qu'il est mort : il a vendu la bague avec le diamant et, avec un de ses amis, est allé à Amsterdam. Dans l'été creux les clients s'étaient faits rares, capricieux et avares ; à Amsterdam, avec l'argent de la bague, il s'est acheté une poudre qui l'a fait crever. Au moment même où lui, sur son île, convoquait l'effigie du garçon en prononçant son nom sur sa jouissance, les veines du garçon éclataient. Il ne soupçonne pas un instant que le garçon qui lui relate cette triste histoire ait pu faire une méprise, transmettre une fausse information, ou lui mentir.

(1983)

Sur une manipulation courante[*]

(Mémoires d'un dysmorphophobe)

Les photos avaient été prises à Bagheria, près de Palerme, dans le palais du prince Palagonia, en novembre 19.. T. et moi nous avions rejoint H.G., qui nous attendait dans sa maison de l'île d'Elbe. Nous avions pris le train jusqu'à Naples, et de là, une nuit, le bateau jusqu'à Palerme. La piscine du paquebot, vide, était recouverte d'un grand filet de pêche. Nous avions passé la nuit sur le pont, allongés dans des transats, sous des couvertures. Au petit matin, le bateau avait accosté dans la rade de Palerme, arc bleuté aux dernières lumières électriques clignotantes. Tous les trois nous avons gardé de ce voyage le souvenir d'une rapidité insensée : parce que nous ne descendions que dans des palaces, malgré le peu d'argent dont nous disposions, nous devions quitter chaque étape au bout de la première nuit. En Sicile nous avions trouvé une chaleur pesante, l'air climatisé

* Ce texte a paru en préface à *Photographies* d'Hervé Guibert (Gallimard, 1993). *(Note de l'éditeur.)*

des chambres était un refuge dans les longs parcours, nous faisions toutes les distances à pied et il nous arrivait de nous endormir dès six heures du soir.

Quelques années plus tôt, T. m'avait parlé du palais du prince Palagonia : dans la banlieue de Palerme, au XVIIIe siècle, ce noble sicilien avait transformé le palais de son père en temple de la contrefaçon. Lui-même atteint d'une difformité qu'il tenait à garder secrète, il avait envahi les jardins et les salles du palais de statues de nains, de bossus, de géants, d'hydres. Il avait scié les pieds de tous les sièges à des hauteurs différentes pour rendre les assises bancales, et fait bâtir pour ses domestiques des demeures branlantes, les allées du jardin avaient été retracées dans des perspectives faussées. Le marbre des parois des salles du palais avait été intégralement tapissé d'éclats de miroirs, à la fois pour casser la monstruosité des êtres qui pouvaient les traverser, l'adoucir à leurs propres yeux, et parer en même temps, par le jeu des diffractions, les corps les plus conformes des visiteurs d'une monstruosité semblable. T. tenait cette histoire d'un ami étrange, étudiant en architecture, mais quand nous fûmes sur le point de partir pour Palerme, nous en ressouvenant, nous avions oublié les noms du prince et de sa demeure, et il nous était impossible de les retrouver, l'ami s'était suicidé.

Nous racontâmes l'histoire à H.G., elle ne lui était pas inconnue. Il retrouva la trace du prince dans un volume de Goethe, deux pages de son journal en Italie lui étaient consacrées. Goethe tenait sur le prince des propos effarouchés, sorte de frayeur petite-bourgeoise devant la célébration de l'anormalité. Mais, dans son parcours, il livrait le nom de l'endroit, et il était facilement décelable sur la carte. Nous prîmes jusqu'à Bagheria un train occupé par des adolescents un peu gourmés qui nous dévisageaient comme des êtres d'une autre race. La grille du palais était fermée, il n'ouvrait que certains jours, à certaines heures qui justement n'étaient pas les nôtres. Nous allâmes trouver la gardienne, qui, bienveillante, nous laissa les clefs. Ainsi nous pénétrâmes seuls dans les salles du palais. H.G. rôdait encore dans le jardin, entre les statues blanches qui s'effritaient, au nez parfois rongé, aux membres rabotés par le déluge, ou par la vermine qui ne sort que la nuit. Sitôt dans la salle principale du palais, et tandis que T. ouvrait les volets pour faire entrer la lumière, perdu dans l'espace monumental où le prince recevait ses hôtes, balayant de mes yeux les différents arcs de mon image réfléchie et cisaillée dont je pouvais, en modulant mes déplacements de quelques millimètres, faire varier les angles et élire telle ou telle partie, je fus pris d'une sorte d'ivresse froide, et mon corps qui d'ordinaire hait se dévêtir se cabra dans cette haine et fit voler ses réserves, comme sous un ordre impérieux il se défit de ses vêtements et, dans une sorte de bonheur, au plus grand étonnement de T., je m'allongeai nu sur la dalle froide, dans une arête de lumière. Mon corps se multipliait dans les arceaux de réflexion qui se prolongeaient dans leurs nombreuses brisures, des murs jusqu'aux plafonds.

J'honorais ce lieu, dédié à la tératologie, de ma propre monstruosité. Je l'offrais au passé et aux frères fantômes, aux souffrances qu'avaient absorbées ces miroirs. En même temps je l'exposais à la lumière, et à la photographie, car j'entendais qu'autour de moi T. prenait des photos, s'employant à donner une trace au sacrifice de ma nudité.

Mais quand, revenu à Paris, je regardai les planches-contacts (j'avais évidemment subtilisé les rouleaux de T.), l'ivresse froide m'avait quitté, et la cambrure de mon corps abandonnant ses vêtements m'était devenue incompréhensible, absurde. Ma nudité me faisait toujours horreur et ces photos qui en étaient la preuve me répugnèrent. Des années durant, je me gardai bien de les faire tirer, de les confier à un laboratoire, de me remettre dans des mains étrangères. Puis un jour, H.G. m'appela d'Allemagne : il avait écrit un texte sur Bagheria, et une revue voulait l'éditer, il avait besoin d'une illustration. Il connaissait l'existence des photos, je savais que son texte racontait un suicide. Je demandai à un ami, qui avait une chambre noire, de tirer avec moi ces photos pour les envoyer d'urgence à H.G., car les délais d'impression étaient courts. Mais auparavant, seul, je scrutai la planche-contact et ses négatifs, et je voulus tricher, j'en détruisis quelques-uns, ceux où la monstruosité était le plus apparente. Je reniais mon sacrifice, je trahissais mes frères. Je choisis deux photos où la monstruosité était ravalée, sauvée par un afflux de lumière qui semblait la gommer. Je la transformais en coquetterie.

Cet ami commença avec moi à tirer les photos, et chaque fois je me précipitai au-dessus du révélateur pour vérifier que mon corps était bien indistinct, seul contour habité de blancheur lumineuse. Il n'était qu'un corps rétamé qui pourrait évoquer le suicide. Une autre personne entra alors dans la chambre noire, examina les tirages, qu'il trouva mauvais, examina les négatifs, et dut flairer la supercherie, sans savoir laquelle. Elle n'était pas lisible sur le négatif mais mon comportement, peut-être, ma nervosité et mon empressement à me pencher au-dessus du révélateur pour m'assurer qu'il ne révélait pas trop, la lui indiquèrent. Il faut dire, à ce moment du récit, que c'était un garçon plus jeune, que j'avais désiré, à qui j'avais déclaré cette flamme, dont il n'avait fait qu'accepter la déclaration, comme un hommage qui se perpétuait à travers les ans sans qu'aucun contact eût pu lui donner une réalité. Mon corps, tout à coup, se trouvait entre ses mains, et entièrement nu, ce que je n'accorde à aucun amant. Le garçon se trouva pris alors d'une ivresse froide analogue à mon ivresse passée du sacrifice, et qui tendait, dans la passion de sa manipulation, à le remanifester. Photographe lui-même, il m'avait un jour demandé de me photographier nu, j'avais refusé. Dans l'obscurité rougissante d'un filtre, il se mit, sur la projection du négatif, à redessiner entièrement l'image au moyen d'un feutre, à redélimiter ses zones d'ombre et de lumière. Puis il découpa un carton, en suivant le trait, pour faire un cache qui puisse voiler la partie trop sombre, trop rapidement exposée de l'image, et faire monter en contrepartie, sans noircir tout à fait le décor, la zone de lumière, pour laisser à ses détails le temps de s'y inscrire. Il se mit alors à découper des bandes de papier impressionnable, à la dimension du corps couché, pour calculer petit à petit, à la seconde près, le temps d'exposition qui pourrait le révéler sans le dénaturer. Ces bandes, ces chutes, une fois dans le bain révélateur, en multipliant le même corps, semblaient reconstituer les arcs de réflexion tendus par le prince Palagonia dans les voûtes de son palais. Toute la manipulation du jeune garçon, qui ne connaissait pas mon corps, visait à le découvrir, et surtout, par une conjuration inverse, à défier ma trahison, et par son ivresse à lui retrouver mon ivresse passée pour reconstituer mon sacrifice.

Mon corps n'avait pas été sauvé par la lumière comme je l'avais cru ; au contraire, la lumière, par l'intermédiaire de l'appareil photo, avait enregistré toute la substance du réel. Mon corps dans sa vérité apparaissait lentement entre ses mains, dans ses gestes de sorcier. Toute sa manipulation me parut proprement magique : il agitait le cache de carton, au ras du corps, par un mouvement de va-et-vient, sans le frôler, pour adoucir la délimitation du trucage, et il tannait le corps sous l'exposition prolongée jusqu'à ce qu'il rende son secret. Parfois il passait ses mains au-dessus, comme une caresse à distance, pour que les ombres creusées dans les plis du corps couché ne le dévorent. Observant l'opération, j'étais à côté de lui, torturé et heureux à la fois. Enfin la monstruosité apparut, et le jeune garçon abandonna sa manipulation, en sueur, comme après un combat, un corps à corps, une extraction, un interrogatoire forcené. On me dit plus tard, lorsque je racontai l'histoire avec ébahissement, que cette manipulation était courante et même ordinaire dans les procédés de tirage. Du coup j'en aimais davantage les photographes, et les tireurs de photos. La photo, malgré toutes mes stratégies de recul, de dénégation, était une statue supplémentaire élevée par le prince Palagonia dans le temple de la monstruosité.

(1983)

Les rivaux

Pendant dix ans je projetai d'écrire un roman qui s'appellerait *Les rivaux*, j'en fis plusieurs débuts qui tournèrent court. Un écrivain, j'imagine, vit avec quelques idées fixes de projets dont il retarde l'entreprise, et qu'il laisse de mauvaise foi, mais bien volontiers, dépasser par des projets inattendus qui, comme des jeunots arrogants, leur font une jolie queue de poisson, les repoussant toujours plus dans l'ombre des desseins juvéniles. Je devais m'apercevoir que cette histoire se réduisait à une image — un tableau — et que tout ce qui devait l'amener, la définir ou l'enrober, l'épaissir, la vivifier serait le fait d'un labeur pénible : la broderie au lieu du motif, le bavardage au lieu de l'aveu. C'était une histoire si évidemment cruciale que je la contournais, dans des récits étrangers, et que je ne faisais que trop souvent la livrer par détours, par allusions, filigrane de leitmotiv ou secret de Polichinelle, je la prenais comme du bout des lèvres, chuchotant ses bribes, au lieu de l'embrasser comme j'en avais envie. Mais un jour le plus dévoué des lecteurs me fit la demande d'un récit sur le thème des siamois, voici ce que sur-le-champ je lui répondis :

En classe de première, au lycée Eugène-Fromentin, à La Rochelle, un croisement de classe m'amena auprès d'une sorte de chef, osseux, hautain, chevelu, plus grand que tous et donc que moi qui venais de grandir en un trimestre et n'acceptais plus cette perte d'une préséance de toise. Je ne voulais pas lever la tête pour le voir, bien qu'il fût beau, je détestais sa beauté. Dans les classements il était premier lorsque j'étais second, et je redevenais premier lorsqu'il redevenait second, mais nous affections de grandes distances sur ce semblant de compétition que la classe suivait avec hargne et jubilation : nous étions au-dessus de ça, chacun dans nos mondes d'élections dont nous aimions laisser traîner quelques preuves, pour le plaisir de la distinction : lui en dévoilant la lettre d'un écrivain en vogue qui avait répondu à la sienne, moi en affichant des signes de connivence et même d'intimité avec une comédienne très belle de la troupe de théâtre qui m'avait recueilli, et qui était venue faire une animation dans la classe... Vraiment nous nous détestions et pourtant (ou : c'est pourquoi), comme nous détestions en même temps l'effort de la gymnastique et l'imbécile émulation qu'elle provoquait, nous nous sommes mis, guidés par cette haine, devant tous les autres, à nous caresser l'un l'autre sous nos polos uniformément colorés et pelucheux : sa main qui remontait le long de mon torse tomba dans un trou, et la mienne se brisa à la naissance d'une longue arête d'os — comme l'échine d'un requin. Nous n'avions plus qu'à nous embrasser, pour les épousailles enfin résolues de nos haines, faisant coïncider l'éperon dans la fosse.

(1983)

L'éditeur

J'ai fait, durant trois années, une enquête sur un éditeur. On le disait sinistre, mais il était capable d'intenses petites jubilations. Seulement, il n'aimait pas les partager avec ses auteurs. Il se frottait les mains des dispositions ascétiques de l'un qui le faisaient coucher sur une paillasse et lui céder ses droits d'auteur, aristocratiques de l'autre qui en faisaient un châtelain désargenté autant que désintéressé. Il regrettait parfois, à haute voix, cette époque fastueuse où les bons écrivains payaient leur éditeur pour se faire imprimer.

Il invoquait volontiers la crise. Il était la personne la plus décourageante que j'aie jamais rencontrée, et mon découragement a été mené à son terme quand je me suis aperçu qu'aucun de ses pessimismes n'était animé par autre chose que la certitude d'un profit. Il avait dû tuer comme ça plusieurs auteurs en les privant du moindre soutien et en leur jetant à la face, au moment où il les trouvait les plus démunis, de piètres comptes d'auteur qu'il ne truquait pas, non, il était l'honnêteté même — ce qu'il n'aurait pas pu dire de certains de ses confrères —, mais ce qui pouvait faire douter le plus un auteur et le pousser à la limite de la renonciation faisait encore sa fortune. Sur sa peau il se constituait un fonds. Les suicides étaient bons pour la relance des ventes et pour les biographies. Ce n'est qu'à la mort des auteurs qu'il leur offrait des publicités, à leur mort intime ou sociale, symbolique ou factuelle. Et il roulait leurs héritiers pour enrichir les siens. Parfois, il envisageait même de répudier ses enfants, qui étaient l'unique raison d'être, se donnait-il à croire, de toutes ses mesquineries.

Quand un de ses auteurs à l'improviste lui apportait un nouveau manuscrit, qui avait requis un ou deux ans de travail, il se montrait accablé : sa première réaction était de dire qu'il lui faudrait le refuser, quelle que soit sa qualité, tant la vente devenait incertaine. Il discourait de la couardise et de l'esprit de clan des critiques, de l'inertie du goût, et de la malhonnêteté des engouements. Il ne fallait concevoir aucun espoir : ce livre n'intéresserait personne, aucun journal n'en parlerait, les libraires et les représentants — cela, il pouvait bien l'avouer — se disaient déjà assommés à l'idée de devoir lire ou seulement vendre un nouveau livre de cet auteur.

Dès le lendemain matin, fourmillant, il s'arrangeait pour réveiller l'auteur découragé, le saisir dans l'engourdissement et la confusion de son sommeil mauvais. Il s'excusait de telle sorte qu'il réussissait à conserver la ligne et accabler davantage l'auteur sous une bordée de compliments, d'autant plus tardifs qu'ils devaient engendrer la reconnaissance la plus vive. Il revenait légèrement, un enthousiasme ému et appliqué dans la voix, sur son pessimisme de la veille : on ne vendrait certes pas mille exemplaires du livre, mais au moins il était épatant, et si celui-ci ne pouvait en aucun cas marcher, peut-être le suivant, si l'auteur se donnait la peine de suivre un tantinet ses conseils, pourrait-il atteindre de plus grandes ventes, dans les limites que la lucidité se devait de conserver.

Ces conseils étaient : faire des livres plus gros, d'une fiction plus complexe, et qui surtout tapaient dans les grands thèmes éternels : l'amour, la mort, la guerre. L'auteur raccrochait et allait cracher un peu de bile dans son lavabo.

Dès la fin de la matinée l'éditeur lui mettait un stylo entre les mains et, sous le sceau de la confiance, lui faisait signer un contrat qui le reliait mains et âme pour cinq nouveaux livres — ce qui élevait maintenant à dix-huit ouvrages l'illégal « droit de préférence » —, sans aucune contrepartie financière, mais dans la récession et l'abandon le plus poussé de ses droits : rognant par-ci par-là, d'un contrat à l'autre, les royalties de 1 %, faisant céder sans résistance tous les droits possibles et imaginables d'adaptation. L'éditeur allait faire, seul, un bon repas dans un restaurant proche où on le saluait comme un homme important, malgré son obstination à choisir le menu économique.

Deux semaines plus tard l'auteur recevait ses épreuves, relues et corrigées par l'éditeur lui-même, qui abattait en plus de son travail ceux de correcteur, de traducteur en toutes langues confondues puisque les soi-disant professionnels avaient d'insolentes prétentions pécuniaires, enfin de démarcheur de porte à porte car il fallait bien savoir que la lecture n'intéressait plus personne, et que chaque exemplaire vendu était une victoire, d'ailleurs il suffisait de lire les sondages et certaines enquêtes scientifiques pour réaliser l'horrible réalité : que les générations futures seraient tellement rouillées dans l'exercice de la lecture, devenue obsolète, qu'elles ne pourraient même plus, physiologiquement parlant, y prendre le moindre plaisir. On convoquait l'auteur pour qu'il rédige des dédicaces froidement attentives à ces critiques que l'éditeur avait honnis.

Il avait besoin en permanence d'un combat, fût-il une pure lubie conçue par cette faim : à ces moments il trépidait, le nez sur ses chaussures en se tordant les doigts, il montait et descendait sans raison les étages de la petite maison dont il était le maître, houspillait les visiteurs qui par mégarde célébraient l'adversaire qu'il s'était inventé. Il n'avait de cesse de gagner le combat, et de n'en jamais finir de le gagner, car une fois l'affaire réglée il s'étiolait. Il cherchait un combat nouveau, et plus celui-ci était aberrant plus il savourait par avance la gloire de son triomphe.

Le dimanche était un jour pire que morose, cruel. Il n'avait plus personne à convaincre, à rallier à son combat. La placidité de sa femme devait l'énerver. Il allait invectiver une forêt.

(1984)

Nécrologie

Depuis trois jours, j'attendais l'appel de P. (apparemment, la preuve en est ces lignes, j'étais impatient de le faire entrer dans une histoire). Je m'étais couché vers dix heures, après avoir dîné seul, un peu malade. J'avais déposé des comprimés pour la gorge près de ma montre au pied de mon lit ; en me baissant pour éteindre la lumière j'avais remarqué un amas de poussière et de cheveux que j'avais ratissé désagréablement du bout des doigts et je m'étais relevé pour aller le jeter dans la poubelle. Je fus réveillé à huit heures quarante par un mort. Le téléphone sonnait, j'allumai la lumière pour voir l'heure. Je pensai immédiatement que c'était lui, P. Si j'avais pu deviner, comme il aurait été raisonnable de le faire, que c'était une collègue du journal qui m'appelait pour enterrer un mort, je n'aurais pas décroché, j'aurais trahi mon engeance. Je fus affreusement déçu en entendant la voix de la femme. J'hésitai même à refuser la tâche, mais c'était un ornithologue vénérable qui était mort, je me sentis responsable. Je demandai à quelle heure le papier devait être dicté, ma collègue me mentit, elle me dit : dix heures. Je raccrochai, il était huit heures quarante-cinq, il me restait une heure et quinze minutes. Je me levai aussitôt, me rasai et me douchai puis, en attendant que mes cheveux sèchent — je savais bien que je ne pourrais rien écrire si ma tête n'était pas lavée —, je fouillai dans les dossiers de mes bibliothèques à la recherche de quelques renseignements concernant cet ornithologue anglais mort à la veille de son soixante-dix-neuvième anniversaire. Je rassemblai tous mes dictionnaires d'ornithologie et sortis, la tête encore un peu mouillée, il était neuf heures dix ; j'emportai avec moi, pour le lire au café, l'article le plus important qui avait été écrit, de son vivant, sur cet ornithologue. Dans la rue je butai sur des regards qu'il m'est inhabituel de rencontrer : ceux d'enfants indigents, et de ces êtres rouges qui avaient passé leur nuit à digérer la viande des chevaux. Un homme penché dans une poubelle rassemblait un ensemble de missives coupées en deux. Je tâchai de le surprendre mais il ne voulait pas expliquer son geste, et me lança un regard de biais soigneusement vide, même pas hargneux, que de mon côté je m'empêchai de soutenir. Il me passa dans la tête l'idée de salir la mémoire de l'ornithologue, de ne dicter que de fausses informations, que personne sans doute ne vérifierait, je suis encore le seul spécialiste d'ornithologie dans ce journal et dans ce pays. Je soupçonne même certains de mes confrères de ne pas savoir ce que ce mot pourtant commun recouvre, et si je m'intéresse davantage aux oiseaux, aux insectes, aux vers de terre ou aux ornithorynques. Mais je m'attardai au café, relisant mon article en croquant dans un croissant sec. La grosse femme du café n'était pas habituée à me voir à cette heure, quand je la quittai et regardai ma montre, il était neuf heures trente. J'avais devant moi très peu de temps, une demi-heure, à peine le temps de retourner chez moi, monter les cinq étages, poser le croissant entamé sur le rebord de la cheminée en pensant que je le finirais une fois faite ma besogne, me laver les dents et me mettre au travail. Je craignais surtout les sténos. J'avais eu affaire à elles à deux reprises, envoyé par le journal dans des pays lointains pour des festivals d'ornithologie. J'avais appris que dicter un article était une grande humiliation : les sténos hargneuses me faisaient répéter mon nom plusieurs fois comme celui d'un imposteur, accueillaient par des soupirs exaspérés le nombre de feuillets que je leur annonçais, tentaient de se débarrasser de moi en me reportant de l'une à l'autre, coupaient la communication, promettaient de me rappeler, m'obligeaient à répéter certaines phrases, toujours les plus pénibles à répéter, me faisant comprendre par le ton de leur voix toute la futilité et la honte de mes préoccupations, elles qui étaient les premières à connaître les coups d'État, les catastrophes aériennes et les morts des puissants. Je m'obstinais à dicter les virgules et à épeler les noms propres, malgré leurs objurgations : je savais de toute façon que je lirais le surlendemain un article tout autre que celui que j'avais rédigé, ignominieusement signé de mon nom, une fantaisie atroce que les regards apitoyés de mes confrères et de nombreuses lettres de lecteurs mécontents me feraient regretter. Les rectificatifs étaient suicidaires : chaque mise au point m'enfoncerait encore plus aux yeux de ces êtres jaloux. Je préférais affirmer que oui, c'était bien moi qui avais écrit ces âneries. La fréquentation, si l'on peut dire, de ces sténos avait attisé, dans l'écriture, le sens de l'inutilité, la haine des répétitions. Le temps passé avec elles était si pénible qu'il n'était plus question de belles phrases, de parenthèses, de subtilités ou d'envolées, mais d'une stricte information, d'un style justement appelé télégraphique. Quand, rejetant mes dictionnaires et mes coupures de presse, je posai enfin la plume sur le papier, je vis une de ces personnes qui ressemblait à leur voix, une face grisâtre et poilue, le casque de la téléphoniste comprimant des cheveux gras pour laisser voir une raie de crâne nu, écailleuse. Il était neuf heures quarante-cinq. Je n'avais pas le temps d'écrire quelque chose de sérieux. Et dans cet article ancien que je venais de relire, j'avais déjà écrit, sans le savoir, une vraie nécrologie : il me suffirait de le redicter, personne ne se rendrait compte de rien. Mais j'oubliai tout ce que je connaissais du personnage et me lançai aussitôt dans une affabulation insensée, ridicule. Je racontai que ce scientifique était en secret un collectionneur maniaque des oiseaux, qu'il les enregistrait, qu'il les empaillait, qu'il les imitait, qu'il s'affublait de leurs dépouilles et qu'il s'adonnait en cachette de sa femme à l'ornithomancie, cette méthode de divination par le chant ou le vol des créatures célestes.

J'étais toujours un peu fiévreux. J'explicitai enfin les causes de sa mort, car après tout il n'était pas si vieux : accouplant sa bouche aux becs des oiseaux, mangeur de plumes, buveur de fientes, dormant sur un coussinet truffé d'os grêles de pigeons, il avait fini par attraper une ornithose, cette maladie infectieuse des oiseaux, transmissible à l'homme, chez qui elle peut prendre la forme d'une pneumonie. Il avait expiré en pépiant un seul mot : beauté. Il était dix heures dix, je savais que mon article était impassable. Mais je n'avais jamais dicté une nécrologie, je ne savais pas que ce type d'article, chez les sténos, impose le respect et allait peut-être pouvoir enfin me faire admettre dans la constellation des grands journalistes fossoyeurs ou incinérateurs. L'article passa comme une lettre à la poste : la sténo ne me reprit sur aucun mot, elle fut attentive à chaque virgule et à dix heures un quart l'article était tapé en six exemplaires, acheminé par piston ou garçon d'étage vers la direction de la rédaction, la rédaction en chef, le chef de service, le typographe, le correcteur, gardé enfin comme preuve de leurs bons services et de nos mensonges, dans les archives des sténos, sur papier pelure, l'indication de l'heure faisant foi en cas de dénonciation. J'imaginai mon article cheminant entre les cinq étages, je recomptai le nombre de personnes entre les mains desquelles il devait passer : ils étaient cinq à pouvoir me démasquer. J'oubliai le croissant sur la cheminée, je rêvassai un peu. Au fond, pourquoi prétendais-je vouloir aimer P. ? Il n'avait rien d'un oiseau. Je ne le connaissais que depuis trois jours. Il aurait plutôt ressemblé à un chat, et j'étais allergique aux chats. Cet ancien amour, sur lequel tristement j'avais mis une croix, était repassé à l'improviste, au bout d'une année d'éloignement, pour me le présenter, comme assuré de l'effet qu'il me ferait. Et son cou était si frêle, moi qui aimais les nuques robustes, ce cou nouveau et adoré qui sortait du col noir nageait dans ma paume. Le téléphone sonna : je reconnus immédiatement la voix du directeur de la rédaction, auquel pratiquement je n'avais jamais eu affaire, j'étais prêt à soutenir avec morgue la véracité de mes affirmations, mais il m'appelait pour me féliciter. Je raccrochai découragé. Je voulais encore rêvasser à P. mais son image se délitait, je n'avais dans la paume que la sensation douloureuse de l'absence de sa nuque qui, à peine une centaine d'heures plus tôt, y avait nagé.

(1984)

*L'homme qui avait peur**

Un jour, un ami, sans doute mal intentionné, lui apprend qu'on peut avaler sa langue, et en étouffer, lors d'un évanouissement par exemple, car la langue ne tient que par l'effet d'une contraction musculaire, tout comme l'anus ne retient les viscères que par la seule décision de la volonté, une fois pour toutes.

Cet homme semble facilement impressionnable, car l'idée de pouvoir avaler sa langue devient son obsession : il a du mal à déglutir, à boire, à manger, il n'ose plus dormir sur le dos. Il se renseigne : loin de diminuer son angoisse un médecin consulté la confirme en lui apprenant qu'en cas d'évanouissement, il faut emmailloter la langue au moyen d'un linge et l'attacher à un point fixe extérieur. Le médecin ajoute que, dans chaque district balnéaire où surviennent régulièrement des noyades, un homme, un civil

* Ce texte, que Hervé Guibert date de 1984, a d'abord paru dans le numéro 48 de la revue *Minuit*, en mars 1982. *(Note de l'éditeur.)*

excessivement bon nageur, et d'un courage exceptionnel, est désigné pour aller quérir le volontaire ou involontaire à la noyade, et, au moyen d'une épingle à nourrice, fixer sa langue à sa lèvre inférieure afin qu'il ne puisse l'avaler.

Après de longues recherches, l'homme rencontre un de ces héros et lui demande, en échange d'un repas, de lui expliquer en détail toutes ses manœuvres. Il se fait montrer des épingles de nourrice rouillées qui ont servi à l'exercice et que le sauveteur garde comme des trophées.

Pour se venger de son angoisse, l'homme se met à manger, avec une délectation grimacière, des langues d'animaux : de bœuf, mais aussi de mouton et de porc, alors que cette viande jusque-là lui était particulièrement détestable.

Un jour il se photographie nu, allongé dans une pièce carrelée, se roulant avec une énorme langue de bœuf. Enfin il tente de se piquer la langue avec une semblable épingle à nourrice pour la fixer, avant son sommeil, à ses lèvres. Mais la douleur lui est trop insupportable, et l'homme finit par concevoir l'idée de se jeter par la fenêtre pour ne plus jamais avoir peur d'avaler sa langue.

Il imaginait déjà qu'à l'autopsie, par fatalité, on retrouverait sa bouche vide de sa langue, à demi digérée dans son ventre, ou bien sur le pavé, à quelque distance de son corps, lorsqu'un ami, celui-là bien intentionné, ouvrit sa bouche pour lui faire part d'une réalité bien anatomique : le petit frein placé sous sa langue et qui la retient à la cavité buccale. L'homme, alors, aurait définitivement oublié cette sombre histoire si un autre individu ne lui avait pas appris, par inconscience cette fois, que le cisaillement de ce petit frein était une torture aussi fréquente que facile.

(1984)

*Ex-voto**

La famille du pêcheur a apporté à l'église un navire de bois aux voiles gonflées, aux mâts et aux agrès finement taillés dans le merisier, pour conjurer la mer houleuse qui ne rend pas les corps.

La mariée a laissé son voile blanc et son bouquet de dentelles nouées pour conjurer l'ivresse volage qui menace son homme, les soirées passées au café pour d'interminables jeux de cartes, les visites au bordel.

Le petit garçon boiteux a laissé au curé, pour ornementer sa sacristie, sa jambe de fer articulée avec son petit soulier de cuir, ses sangles et ses coussinets de gaze destinés à protéger sa peau de la rouille des attelles : maintenant sa jambe n'est plus raide, il gambille même.

* Ce texte, que Hervé Guibert date de 1984, a d'abord paru dans le numéro 48 de la revue *Minuit*, en mars 1982. *(Note de l'éditeur.)*

La mère de la petite fille dont le sang s'était répandu, en plusieurs taches autour du cou, sur sa robe de printemps (morsures de loup, ou bien la petite tombée à bas de sa bicyclette, le corps à demi broyé par la roue de la carriole), a plié le linge taché par le sang sous le verre d'un cadre de bois, pour remercier le ciel de n'avoir pas tout fait perdre de ce sang, de n'avoir pas ôté toute la vitalité de ce corps, mais au bout des ans le sang a perdu de sa belle teinte vermeille, et pour que le visiteur ne voie pas dans cette pièce qu'un vilain petit linge sale et taché stupidement encadré, on a écrit sur une étiquette la circonstance de l'accident. Aujourd'hui la petite fille est devenue une très vieille dame.

J'ai pour ma part recueilli toutes mes mues en lamelles de peaux translucides et craquelées, et toutes mes larmes jaunies et évaporées dans de petits flacons pourtant scellés pour les offrir à Dieu...

(1984)

Ici

Ici, quand il y a un feu, les pompiers, tous volontaires, nettoyeurs de rues ou de cadavres, fous ou simples idiots sans travail, à l'appel de la cloche du curé, qu'un observateur trop nonchalant aura prévenu avec retard, revêtent leurs salopettes de pompiers, leurs bottes, et se retrouvent devant les citernes ambulantes d'eau ou de neige. La nuit tombe, le feu a déjà pris tout le versant de la colline, le camion se dirige dans sa direction, puis bifurque. Les femmes sont réquisitionnées pour dresser une table et faire fondre la glace des nourritures surgelées. Les pompiers s'asseyent en ligne face au feu et se mettent à bâfrer, ils dévorent des poulpes farcis et des carnes rances, ils boivent un vin résiné et maudissent le feu tout en le chérissant, ils prétendent qu'ils ne peuvent l'atteindre car il a pris à un endroit où leurs lourds camions n'ont pas accès, et parce qu'il est d'un usage barbare et démodé de l'étouffer à la serpe sur ses bords. Quand ils vont se coucher, le feu a pris toute la colline, il fait jour. Un hélicoptère les relaie : il tire à sa traîne un container de couleur rouge qu'il projette dans les piscines des hôtels avoisinants, et dont il puise l'eau qui éteint le feu en quelques instants.

Le sourcier vit sur le continent, il n'a pas le téléphone, il faut lui écrire, mais il ne répond pas aux lettres, on n'est même pas sûr qu'il les ouvre, il faut aller le chercher, payer d'avance, et qui paye d'avance est mal servi : quand il se promène sur le terrain de la propriété, le bâton bifide tendu en avant, il faut faire le vide autour de lui. Généralement il n'a pas besoin de beaucoup se déplacer pour sentir l'eau, ou avant de faire vibrer son machin : marcher lui fait mal, ses pieds ont été gelés en Russie, pendant la Première Guerre, il les garde enveloppés dans du plastique. Il dit : « Là, il faut creuser cinquante mètres, et vous tomberez sur l'eau », il repart. Creuser cinquante mètres coûte moins cher que faire venir une citerne, et même qu'acheter le réservoir qui pourra contenir son eau. On creuse cinquante mètres, pas une goutte. On repart trouver le sourcier : il est furieux d'être dérangé, il grommelle, pour se débarrasser de l'importun il lui dit : « Creuse encore cinquante mètres et tu trouveras l'eau. » Le propriétaire engage une nouvelle partie de son argent pour faire approfondir le trou stérile. Quand il doit aller retrouver le sourcier, pour la seconde fois, c'est lui qui est furieux : faire creuser un trou de cent mètres coûte beaucoup plus cher que faire venir dix citernes, et offrir à l'eau les réservoirs les plus vastes ; la terre est devenue trop dure ou trop mollement sournoise, on s'y cogne, on s'y enlise, et elle devient infestée d'animaux menaçants qu'on ne voit plus que comme fossiles dans la seule galerie de paléontologie que possède l'île, les fouisseurs se plaignent, parce qu'il y a aussi des risques d'éboulements, les syndicats leur permettent de quadrupler leurs tarifs. Le sourcier ricane : « Creuse encore cinquante mètres, cette fois tu arriveras à tes fins. » Le propriétaire se ruine à parachever le puits, au cent cinquantième mètre l'eau jaillit, on l'aurait trouvée partout à une telle profondeur. Le propriétaire apporte une jarre d'eau au sourcier pour finir de le remercier. Le sourcier dit : « Quand tu mettras une femme enceinte, pour te récompenser de ta patience, je palperai son ventre pour te dire si ton engeance sera femelle ou mâle, je n'ai pas qu'un seul don. »

Ici on attrape les rats de différentes façons : si l'on est miséricordieux on achète une petite cage de métal munie d'une tige à appât d'un fragile équilibre et d'un ressort qui fait claquer la fermeture d'un coup sec dès que le rat touche l'appât. En principe cet appareil ne doit pas blesser l'animal. On garnit la tige d'une particule d'aliment qu'il chérit : on évite le fromage, qui lui donnerait des soupçons, on y accroche un morceau de poire pourrie, de pêche jaune ou blanche avec sa peau, car tout le plaisir du rat est de dépecer délicatement le fruit, de négliger la peau. On prend soin de frotter la planchette de bois d'un peu de jus du même fruit, comme pour lui désigner d'une flèche odorante le chemin de sa captivité. Les rats s'attrapent la nuit : le claquement du couperet réveille le dormeur qui a mis des heures à tester l'équilibre du piège. Le rat s'est laissé prendre du premier coup, cela fait des semaines qu'impunément il dévaste les fruits de la corbeille ; quand il voit apparaître la tête de l'homme nue ou surmontée d'un bonnet de nuit, sa chandelle à la main, l'œil noir du rat se mouille d'un très profond désespoir ; il préférerait mourir plutôt que de supporter une telle humiliation. Mais quand l'homme redisparaît, satisfait de sa prise, et se rendort bienheureux sans se douter qu'un second rat va le réveiller dans quelques instants, le rat attaque la cage et s'écharpille le museau. La lumière du jour fait découvrir à l'homme, qui l'observe avec curiosité et un certain air de vengeance vu que le second rat ne lui a plus laissé aucune paix et s'est échappé, que la targette a sectionné la queue de l'animal et laisse sortir hors du mince fourreau noir une petite tige de chair, comme une allumette trempée dans le sang. La pitié de l'homme n'a d'égal que le dégoût du rat pour ce visage veule qui se permet de l'approcher : s'il pouvait perdre une seconde queue dont la mutilation, c'est le vœu qu'il entreprend, désintégrerait cette tête, il l'abandonnerait sur-le-champ. Mais il n'est pas de seconde queue et l'homme se lasse vite. Il existe des modèles d'une cage à peu près semblable, dont le pic de l'appât doit trouer la gorge du rat ou déclencher un couperet qui lui brise la nuque, mais le maire d'ici n'en permettrait jamais la vente, comme de cette poudre qu'on trouve dans les villes et qui coagule le sang des bestioles trop gourmandes. On préfère une sorte de glu parfumée dans laquelle aime se vautrer le rat délicat mais qui réagit à la chaleur de ses pattes, les clouant sur place et déchirant sa poitrine dont le cœur battant tente par saccades d'arracher les pattes à leurs rivets. Les fermiers usent d'un bricolage qu'ils prétendent moins cruel : ils remplissent une haute bassine d'eau et font flotter en son milieu un morceau plat de liège sur lequel ils déposent la nourriture chérie entre toutes, celle dont le fumet réquisitionne l'animal à la ronde, une crevette rose presque morte. Une planchette de bois est disposée en suspension sur un des rebords du baquet afin que le rat puisse sauter sur le liège : son sens aiguisé du péril l'empêche de se noyer aussitôt, par un très habile équilibre, comme celui du tigre qu'on fait grimper au cirque sur le cheval galopant, il parvient à se maintenir sur la planchette que la pression d'un seul doigt aurait suffi à engloutir, il dévore ce qu'il désire, pauvre rat naufragé sur son traître îlot. Ce n'est que repu qu'il tente de s'enfuir : mais le poids de la crevette ajouté dans son ventre fait défaillir son équilibre naturel, il ne retrouve plus la planche de bois qui avait facilité son accession, et en voulant sauter sur un des bords du baquet il dérape dans l'eau qui l'étouffe. Il ne sert à rien de gaspiller deux crevettes pour attraper deux rats dans une seule nuit (dans le cas d'une disette de ce genre de crustacé, on peut essayer de le remplacer par un de ces bouts de queue sanguinolent d'un rat attrapé par la cagette dont on a vu plus haut le mode d'utilisation).

Quand il était encore apprenti, l'artificier a eu une main emportée. Maintenant elle est de cuir, l'artificier est son propre patron, et il se sert de cette nouvelle main comme de sa main valide. Le feu d'artifice, que l'on ne tire ici qu'une ou deux fois par an, pour la fête de la Vierge, ou un mariage exceptionnel, nécessite toute une année de préparation — dessins et sélection des couleurs, fines architectures lancées dans le ciel et qui périssent comme des bouquets poudreux, et coffrage du feu avant sa mise en fûts, en tiroirs, en rigoles, en ravines, et sa collecte au bord des volcans bien avant que les poudres des couleurs ne lui soient inséminées ; ainsi l'artificier ne peut prendre que quinze jours de vacances, à l'issue de sa prestation, et après la semaine que nécessitent le curetage des fusées, l'huilage des tourniquets, le dépapillotage des teintes inutilisées, le stockage des chutes de fumée. L'artificier est de mèche avec les pompiers, dont il loue la veulerie, et qui lui revendent le feu...

(1984)

APPENDICE

Le roman fantôme

Je n'ai pas choisi d'écrire des romans, ou des nouvelles, ou des poèmes, plus que des contes ou des billets amoureux. J'ai choisi de raconter des histoires, le plus directement possible, comme de vive voix on les rapporte à un ami, et d'y mettre un terme une fois qu'elles étaient terminées.

J'étais pressé d'écrire : d'abord sous le coup de l'urgence sentimentale (et plus que des nouvelles, c'étaient des lettres recopiées), et par manque de temps, parce que l'activité rémunérée à côté — le journalisme — me réclamait de la copie ; j'écrivais ces histoires personnelles, où le *je* n'était plus interdit, à la sauvette, comme un voleur du temps imparti économiquement à l'écriture. Le journalisme, aussi, m'avait enseigné la brièveté, la hantise des répétitions, et j'ai relativement écrit dans les longueurs exigées par cette profession : de deux à six feuillets. Puis j'ai écrit une nouvelle qui était, il me semble, le rêve ramassé et avorté d'un roman *(Le désir d'imitation)**.

* Ce texte est le dernier du recueil *Les aventures singulières* (Minuit, 1982). *(Note de l'éditeur.)*

J'ai écrit des choses de plus en plus longues parce que la longueur, aussi, donne l'illusion de la progression, de l'avènement. L'éditeur disait : « Maintenant, il vous faut écrire un roman », le critique écrivait : « Maintenant nous attendons de lui l'épreuve de la longue distance. » De mon côté, j'ai ressenti le besoin de personnages inventés, et de les aimer, et de vivre avec eux pendant un temps, par manque d'aventures réelles — et parce que ce sentiment d'aventure sans lequel je pense être empêché d'écrire me venait maintenant plus de la lecture, de la littérature, que du voyage, de la rencontre. Se mettre à écrire un roman, c'est se mettre à vivre avec des fantômes, avec les spectres de tous ceux qui ont voulu écrire des romans (c'est prendre son tour dans la chaîne de ce fantasme universel), et en plus de ses personnages le poids de ces modèles est un peu lourd à porter. Comme dans un songe malaisé, on doit traverser une obscure et infinie galerie des ancêtres, se colleter jusqu'au trou noir du réveil, ou du point final, avec toutes ces figures fascinantes et ricanantes qui se jouent de vous et vous renvoient comme une puce d'une posture d'écriture à une autre.

Je viens d'achever les quatre-vingt-sept feuillets serrés — le texte le plus long que j'aie écrit jusque-là — d'un roman d'aventures, *Les lubies d'Arthur*, et voilà que par hasard je tombe sur Babel, que j'adore, et qui n'a écrit que des choses très courtes. Ce bonheur à le lire désarçonne un peu toute velléité de fiction, comme une entreprise vaniteuse. Quand je lis *Par la lucarne* ou *Chez notre chef*

Makhno, récits de trois ou quatre pages, je me dis : à quoi bon en dire plus, tout est dit là. À partir d'une observation réaliste, il fait monter l'émotion, plus par l'agencement inhabituel des éléments narratifs, il me semble, que par le contenu lui-même des éléments, et quand le mystère de l'émotion submerge le lecteur, il coupe le récit, le tour est joué. Les récits très ténus de *Cavalerie rouge* pourraient composer un roman (et n'importe quel éditeur imbécile d'aujourd'hui aurait prié Babel de remanier son texte pour lui ficeler une continuité) : les personnages sont les mêmes, le narrateur est le même, la trame des événements est semblable d'un bout à l'autre dans leur réalité historique. Pourtant Babel a ressenti le besoin de les isoler, de les tronçonner, comme la vie est coupée par ses phases de sommeil ou d'absences, pour faire émerger ses instants d'émotion brute (et il les date et les situe, comme des photographies) — moments exemplaires du sang, de la mort, du viol, de l'épuisement d'un cheval —, et par là dédocumentariser, démilitantiser son travail (c'est Gorki qui l'avait poussé à s'engager, pour avoir un vécu à raconter), le ravir d'avance à la propagande soviétique.

En 1937, dans une interview, Babel déclare : « Le tempérament de Tolstoï lui permettait de décrire les vingt-quatre heures d'une journée, en se rappelant tout ce qui lui était arrivé, tandis que mon tempérament ne me permet, visiblement, que de décrire les cinq minutes les plus intéressantes que j'ai vécues. C'est justement de là qu'est venu le genre littéraire de la nouvelle. » Mais

Babel n'en admire pas moins Tolstoï, et dans sa dernière lettre parvenue à l'Ouest, juste avant son arrestation, en 1939, il écrit : « J'entreprendrai bientôt la mise au point définitive de ma grande Œuvre. » Œuvre qui a été, sans doute, massacrée. N'y avait-il pas une terrible cruauté du sort dans la dernière conférence de Barthes, qu'il avait intitulée « Longtemps je me suis couché de bonne heure », lorsqu'il disait qu'il se sentait, enfin (à la veille de sa mort), à la veille d'écrire son roman, alors qu'il avait vanté et justifié toute sa vie la vertu du haïku, la suprême forme brève des Japonais ?

Le rêve du roman est un peu un rêve de mort, de postérité : rêver du roman peut faire vivre l'écriture, mais si par malheur une main accomplit le roman parfait, le roman idéal (et ce serait le diable qui tiendrait cette main, car le roman est la forme imparfaite par excellence, celle dont le labeur, au bout du compte, requiert le bousillage, la monstruosité : *Moby Dick)*, elle n'a plus qu'à ranger sa plume. Le XIXe siècle français pousse la tenue de cette forme à un point de non-retour : *Madame Bovary* continue de nous empoisonner par toutes les imitations triviales qu'elle oblige, tant dans le cinéma que dans l'édition (pour ma part je préfère *Un cœur simple* à *Salammbô* : je me demande si le perfectionnement, dans l'écriture, ne retire, ne trouble et ne voile pas plus qu'il ne révèle). Un roman fidèle à l'idée du roman — car le sujet du roman, qui mine l'histoire apparente, est toujours celle du sujet qui est en train d'écrire le roman et qui court après son but — est un roman inachevé, comme la *Recherche, Bouvard et*

Pécuchet, coupé par la mort, ou volontairement coupé par une langueur ou une pirouette juvénile, comme dans *Les aventures d'Arthur Gordon Pym* (le roman s'arrête au moment où la pérégrination va nous amener à Dieu).

Perché sur son cheval de bois qui tournoie, l'enfant tend son bras avec son bâton vers la petite machine à tirette qui fait glisser les anneaux de métal aux deux languettes un peu coupantes, un peu dangereuses. L'enfant qui s'est trop exercé à ce jeu ramasse tous les anneaux et fait de son bâton un arbre trop fleuri, douteux, qui ankylose son bras. L'enfant qui s'amuse le plus est peut-être le plus maladroit, celui pour qui le jeu reste difficile, et qui regarde ses deux ou trois maigres anneaux pris sur son bâton avec le triomphe secret de l'échec.

(1983)

Les escarpins rouges

Patrice Chéreau m'a appris la nécessité d'une histoire, de personnages. Mes histoires s'écrivaient toutes seules, sous le coup d'une urgence sentimentale, d'un déplacement, elles s'écrivaient comme des lettres, et parfois le *je* du narrateur avait tendance à virer au *il*, ou à déguiser un peu, voilà les seules tentatives de fiction qui s'amorçaient.

Quand j'ai commencé à écrire, la forme du roman, avec des personnages, m'était étrangère, irréalisable, indésirable. J'avais rencontré une femme écrivain, en place, qui m'avait dit : « Tu veux écrire un livre ? Est-ce qu'il y a des personnages ? » J'avais honte, il n'y avait que moi comme personnage, car je ne voyais bien que moi comme connaissance, j'étais assez seul. Mais la femme m'avait dit : « Pas de livre sans personnages. » Patrice Chéreau m'a poussé vers des personnages,

* Hervé Guibert a coécrit avec Patrice Chéreau le scénario de *L'homme blessé* (ce travail a été publié aux Éditions de Minuit en 1983). *(Note de l'éditeur.)*

il a eu très vite besoin de noms, les a cherchés dans des nécrologies de journaux et dans le bottin. Nous nous sommes retrouvés avec ces noms, comme des enveloppes vides, qu'il fallait remplir.

Patrice Chéreau disait : « Il faut raconter une histoire. » Il avait une obsession de structure, il recommençait sans cesse des plans, avec des numérotages, traçait sur le papier des vecteurs qui correspondaient aux déplacements des personnages. Rencontre. Première disparition. Absence. Seconde rencontre. Seconde disparition. Quête.

Je pensais que l'histoire se raconterait de toute façon, si on y mettait suffisamment de vérité, suffisamment de nous-mêmes. Pour moi, une réplique était fiable si je l'avais entendue un jour prononcée dans une conversation. Autour d'elle, je croyais qu'on pouvait recomposer tout un dialogue : qu'il en deviendrait juste. J'étais bien le seul à en être persuadé. J'apportais des pages entières dialoguées à Patrice, parfois écrites au dernier moment dans l'autobus, ou dans le métro sur le chemin, et il les lisait le crayon dans la main, les nettoyant aussitôt, les désenflant. Puis il les recopiait, pour les entendre en lui-même, j'imagine, jusqu'à ce qu'elles lui appartiennent.

S'il n'y avait eu que moi, au bout du compte, je crois qu'il n'y aurait eu que deux personnages. Très vite Patrice a dit : « Il faut une femme, sinon on va s'ennuyer », et nous avons cherché qui elle pourrait être, ce qu'elle pourrait faire. Ce qu'elle pourrait dire, je ne savais pas trop, Patrice a presque entièrement écrit ce rôle. Un de ses vecteurs de rencontre l'a amené à la nécessité d'un agent de liaison, d'un nouveau personnage, qui est devenu Bosmans. J'avais parmi mes proches un personnage qui ne me semblait pas très éloigné de ce Bosmans-là, et pendant les années où nous l'avons écrit mon amitié est devenue une sorte d'espionnage narratif. Je notais ses phrases sur les nappes de papier des restaurants, ou en catimini dès que je rentrais chez moi après un dîner.

Et Henri et Jean ? Quand nous avons entrepris cette histoire, j'étais amoureux, empêché. Je me suis retrouvé devant ce travail, face à Patrice, comme devant un parloir (le moment où l'on peut dire les choses essentielles contenues pendant l'absence), une cuve dans laquelle cet amour pouvait s'abandonner, s'entreposer, s'avouer. Et s'il n'y avait qu'une seule chose à garder, dans cette histoire, ce serait bien sûr l'amour. L'image sur l'écran ne montre-t-elle pas un personnage tenu par un amour qui peut le faire avancer, les yeux ouverts, même endormi ?

À un moment il a été question que le film se fasse à Berlin, à cause de l'argent que cette ville donnait encore pour qu'on y tourne des films. Nous n'étions pas chauds. Nous avons parcouru Berlin dans tous les sens, il ventait très fort, et je marchais toujours la tête baissée à l'encontre du vent. Patrice m'a dit : « Pourquoi ne marches-tu pas la tête droite ? Il suffit de la lever. » Une opération si compliquée ne m'avait jamais paru aussi simple, maintenant j'aime le vent.

Patrice m'a emmené à Wannsee, au bord du lac où Kleist s'est suicidé, nous avons pris une ligne du métro de l'Est pour y aller, il n'y avait rien à voir, nous n'arrêtions pas de nous perdre. Nos chambres d'hôtel étaient côte à côte et le soir quand nous rentrions, fourbus, de nos déambulations, j'allais regarder ma tête lavée par le vent dans la glace de la salle de bains, et je me disais : il est juste de l'autre côté.

Le travail, pour moi, avait commencé par un très long repérage solitaire. Nous avions enclenché l'histoire, nous étions d'accord sur les gares, sur ce long été orageux, sur la nuit. Patrice était à Bayreuth, à Villeurbanne. Sous le prétexte d'un reportage, je prenais des trains, et j'allais à Rome, à Florence, à Munich. J'errais interminablement dans les gares et dans leurs alentours, dans leurs toilettes, dans leurs salles de jeux, je regardais, j'écoutais, je notais. Et j'écrivais à Patrice ou, quand il revenait à Paris, je « rapportais », je lui lisais mes notes.

À Palerme je suis tombé sur une fête foraine à la lisière des quartiers riches et de la zone industrielle, c'était beau, je me suis dit qu'il ne fallait pas s'empêcher de montrer une fête foraine au cinéma sous le prétexte que le cinéma en avait trop montré, qu'il suffisait de la montrer différemment. Patrice Chéreau et Richard Peduzzi étaient allés, à la sortie de Bayreuth, au bord de l'autoroute, dans un parking transformé en bordel pour les soldats de l'armée américaine. Les deux images se sont jointes.

Ils sont partis en repérage, à Lyon. Ils ont trouvé ce pont qui raconte si bien le passage d'un monde à l'autre, il n'existait pas dans le scénario. Ils ont tout photographié, deux fois, une première fois avec de la pellicule photo couleurs, la seconde fois Patrice a repris les mêmes plans en mettant dans l'appareil cette nouvelle pellicule de cinéma très sensible, qui permet de filmer la nuit sans ajout de lumière. Quand il est revenu, devant une fenêtre, il a déroulé plusieurs rouleaux mis bout à bout et m'a montré comme ça tout le ruban du film, sans les acteurs. Ils étaient dans notre dos, épinglés en photos noir et blanc sur un tableau.

Le tournage a commencé, j'y suis allé le premier jour, dans l'appartement des parents, au nord de Paris. Le premier plan du tournage était le premier plan du film : Patrice m'a fait voir le cadre dans le viseur. Je suis entré dans la chambre d'Henri, toute petite, en fouillis : il m'a semblé qu'elle était habitée, qu'elle existait.

Jean-Hugues Anglade était assis sur le lit, il feuilletait un illustré. Il y avait dans une case des livres que Richard Peduzzi avait mis là, je les ai pris : c'étaient les livres que j'avais lus et aimés à l'âge d'Henri, dans les mêmes éditions de poche, avec les mêmes couvertures, *La confusion des sentiments, Le portrait de Dorian Gray.* Je les avais égarés, je les retrouvais. Au chevet d'Élisabeth, Richard Peduzzi avait placé *Le cœur est un chasseur solitaire,* on n'aperçoit pas le livre dans le film, mais je suis sûr qu'il a son importance.

Quelques jours après, je suis parti, en Italie, et j'ai écrit un autre scénario. Mais, pendant un mois et demi, j'ai rêvé du film. Je me revoyais devant cette même fenêtre où Patrice m'avait montré les lieux du film, mais cette fois sur la pellicule qu'il déroulait sous mes yeux ils étaient habités. Patrice m'avait convié à une des dernières répétitions, avant le tournage, avec les acteurs, et entendre le texte dit par eux avait été une souffrance. J'avais vu Vittorio Mezzogiorno et j'avais dit à Patrice : « Il a de trop beaux yeux verts. De temps en temps, il faudra les lui brimer avec des verres de contact marron. »

À mon retour, Patrice m'a montré les rushes de quelques scènes du film, celles dont il était le plus content : le simulacre, le baiser, la dernière scène, la 114. J'ai pleuré. Je n'avais jamais vu ça, cette couleur des chairs, de la peau, ces teints olivâtres et ces blessures, cette passion. Sur les marches de bois de la villa de Bosmans étaient posés deux escarpins rouges qui racontaient tout son passé. Derrière les yeux affolés d'Henri, sur le carrelage s'étendait une flaque de lumière. Roland Bertin descendait l'escalier avec son téléphone non décroché, et disait dans le vide des mots en anglais : « Yes, I am alone... What time is it in New York ? » Il me semblait réentendre Jules Berry, Jean Tissier, les grands monstres disparus. J'ai demandé à Patrice : « Qui a écrit ça ? » Nous n'avions pas pris la peine d'indiquer ces phrases dans le scénario. Il m'a dit : « C'est Ronnie Chammah, l'assistant. » Je me suis dit : « Zut, ce sont les plus beaux dialogues du film. »

Le personnage de départ, des toutes premières notes de Patrice, cet homme qui pleurait en attendant sa femme à la porte de la chambre où elle couchait avec ses clients, ce personnage de fait divers, qui avait donné son premier titre au film, « L'homme qui pleure », avait rétréci d'étape en étape, et du tournage au montage, pour n'être plus qu'un filigrane du malheur amoureux. Il fallait trouver un autre titre, et je faisais désespérément des listes de mauvais titres. Depuis plusieurs mois, une petite carte postale en couleurs d'une peinture de Courbet vue au Louvre était posée sur ma table de travail. Dans la semi-obscurité, un homme aux yeux clos, la tête renversée en arrière, la main veinulée sur la ceinture, et toute la lumière étrangement prise dans la collerette blanche, tachée de sang. Tout à coup, je fixai cette reproduction, dans laquelle je retrouvai les teintes du film, dues à Renato Berta, et je me dis : il y a peut-être là une réponse. Je retournai la carte, il y avait écrit : « Gustave Courbet. Autoportrait dit l'homme blessé. » Je l'envoyai aussitôt à Patrice.

(1983)

L'ours

Ce livre* est parti de rien : d'une absence d'aventure, d'écriture. C'était en septembre 82. Je n'avais rien écrit depuis avril : un scénario l'été, mais un scénario n'est relativement pas de l'écriture, et j'avais entrepris un roman qui avait tourné court. J'avais perdu le personnage de mon dernier livre, l'enfant de *Voyage avec deux enfants.* Il avait disparu un soir, il m'avait tanné pour que je lui donne *Les chiens*, j'avais refusé, puis j'avais cédé. Il avait coupé les pages du livre avec son canif dans le dernier métro, et il avait récupéré son vélo, il avait lu les vingt pages de gros caractères en traversant Paris sur sa bicyclette, la nuit. Je ne l'avais pas revu : un livre que je n'avais osé couper moi-même me faisait perdre le personnage du livre suivant...

Je me retrouvai sans amour et me demandai si cette activité de l'écriture, à laquelle je l'avais tant lié, n'était pas morte à jamais. Je devais partir quel-

* Il s'agit du roman *Les lubies d'Arthur* (Minuit, 1983). *(Note de l'éditeur.)*

ques jours à Bastia : j'emportai *Les aventures d'Arthur Gordon Pym*, qui était le seul texte de Poe que ma frayeur m'avait empêché de lire quand j'étais adolescent. Et ce livre me redonna, en bloc, le sentiment de l'aventure. J'avais sans le savoir encore tout à fait un nouveau personnage, il s'appelait Arthur.

Le jour de mon retour, il y avait une grève des avions. J'étais bloqué avec un ami (celui précisément auquel le livre allait être dédié) dans l'aéroport de Bastia. Un compte rendu dans un journal devait me réconcilier avec l'enfant du livre, ou avec le livre lui-même, car les commentaires m'avaient mis dans un rapport de gêne, ou de soupçon d'échec. Tout le monde m'avait dit : « Mais enfin, pourquoi as-tu ainsi accablé ce pauvre enfant avec tous tes adjectifs ? Il n'est pas si laid que ça. » Voilà qu'un critique, une femme, écrivait qu'il s'agissait d'une histoire d'amour, et son article, me semblait-il, me donnait le droit de recontacter l'enfant. De l'aéroport où j'avais trouvé le journal je lui téléphonai, il était là, il me dit : « Ah, j'ai pensé à toi tout à l'heure, j'ai lu l'article dans le journal. » Je lui demandai si je pourrais le voir un de ces soirs, il me dit qu'il devait partir en voyage, à l'occasion des vacances de la Toussaint, il ne savait pas encore où. J'eus alors le rêve d'un nouveau voyage, seul avec l'enfant, et je savais que cette fois l'écriture ne pourrait s'interposer entre nous. Poussé par mon ami, je le rappelai un quart d'heure après pour lui proposer de faire ce voyage avec moi. Il me dit : « On va réfléchir. » J'hésitai entre l'Écosse, pour les fantômes, et l'Espagne, pour le Prado, j'avais entrevu un livre qui tournait autour de la peinture, et pour lequel je voulais prendre le luxe du temps. Nous partîmes en train. J'emmenai d'abord l'enfant à Barcelone, que je connaissais bien, pour lui montrer le téléphérique au-dessus du port, la fête foraine sur la colline, le Molino. J'avais oublié de l'emmener tout en haut des Ramblas, Plaza Catalunia, où quelques années plus tôt, avec T., j'avais vu un jeune homme tirer des oiseaux avec son lance-pierres et les enfourner dans une gibecière. Je voulus raconter l'histoire à l'enfant. Nous étions partis avec précipitation, après avoir visité le parc Guell nous étions repassés en taxi à l'hôtel, sur le chemin de la gare, pour prendre nos bagages. Et un garçon en habit d'abeille, rouge de confusion, était ressorti de l'hôtel en courant, un gant à la main, me disant avec trouble : « Voilà monsieur, j'ai trouvé ce gant entre les deux lits. » Je rendis son gant à l'enfant énigmatique. Le train tomba en panne dans la campagne, entre Barcelone et Madrid. Je n'avais plus rien à lire. Je n'avais emporté qu'un seul livre, *Le rivage des Syrtes* de Julien Gracq, qui est un des livres préférés d'un ami très cher ; je l'avais commencé sans entrain quelques années plus tôt, lorsqu'il me l'avait offert, et l'avais vite abandonné. Si je l'avais réemporté cette fois, c'était pour être un peu avec cet ami, et me forcer à lire ce livre favori. Cette fois encore je ne l'aimais pas trop, mais je me plaisais à détecter dans la masse du texte tout ce qui avait pu plaire à mon ami et se retrouver, détourné et refiltré, dans ses propres livres.

Le train restait en panne, je n'avais plus rien à lire, et je ne pouvais même pas raconter mon histoire à l'enfant, il était concentré dans un dessin, il chapardait de biais le profil grassouillet d'une nonne assoupie. Je n'avais emporté, à dessein, aucun de mes objets nobles d'écriture, ni le Montblanc ni les feuilles blanches épaisses, je n'avais sur moi qu'un stylo à bille noir japonais et un carnet de notes professionnel à petits carreaux, et je me mis à écrire, pour rien, juste pour passer le temps, peut-être pour la lire plus tard à l'enfant, comme je la lui aurais racontée le soir dans ses vapeurs de hasch, cette histoire du massacre des oiseaux. Je la trouvais belle, je l'avais proposée à Patrice Chéreau quelques années plus tôt, pour notre scénario, il l'avait trouvée trop romantique. Il n'y avait pas de personnages, il n'y avait que cet homme qui tuait des oiseaux et qui au détour d'une page a repris le nom du personnage de Poe. Arthur devait bien avoir un acolyte, et Bichon est apparu, c'était le surnom du filleul de mon père, un jour j'avais écrit dans mon journal que ce nom devrait être celui d'un personnage. Tous les deux tout de suite existèrent presque figurativement, car ils se glissèrent dans les contours des deux personnages du scénario de *L'homme blessé,* Henri et Jean, ils étaient un peu leurs doubles, leurs descendants.

L'enfant m'avait remis dans ce sentiment d'enfance qui est propre à l'écriture, et le stylo japonais et le papier trivial semblaient déterminer un autre type d'écriture, glissante, coulante, gratuite, d'un enjeu presque indifférent. Je continuai à écrire tout en pensant que ce récit n'avait pas d'avenir, qu'il tomberait en panne dès que le train repartirait. J'arrivai au Prado avec mes feuilles de notes pliées en quatre dans ma poche, et je trouvai sur les murs des brochettes d'oiseaux éventrés, des monticules de victuailles et de poulpes, les ouistitis savants peints par Téniers, et des jeunes gens gantés peints par le Titien ou Véronèse qui pouvaient bien avoir le visage de Bichon ou d'Arthur. Mes notes théoriques devinrent vite des notes romanesques, une suite de l'histoire se constituait d'une peinture à l'autre. L'illustration apparente devenait relance. Relais ou mise de la peinture dans l'écriture : en tout cas l'ascèse et la sainteté d'Arthur s'imposaient, comme d'un héros pictural. J'écrivais sur ces bouts de papier vite épuisés — notes d'hôtel, relevés de change, tickets de musées — des fragments qui donnaient leur devenir aux personnages.

Dans le train, au retour, et avant de tendre dans le noir, dans la direction de l'enfant, comme l'a aussitôt fait Bichon en me copiant, les aiguilles de ma montre pour qu'il m'attrape la main, me voyant écrire sans relâche, un touriste américain me demanda : « Vous écrivez un livre ? » L'enfant répondit à ma place, avec fierté : « Oui, c'est un livre qu'il écrit. » Il le savait sans doute mieux que moi.

En rentrant à Paris, j'avais le projet d'écrire l'histoire d'un saint moderne. Je savais d'où il partait, je savais où il aboutirait, car d'autres livres nous l'ont déjà raconté (je pensais en premier lieu au *Saint Julien l'Hospitalier* de Flaubert, un des récits qui a le plus marqué mon enfance, à cause du baiser au Christ lépreux), mais je ne connaissais pas tout le ventre de l'histoire, ce serait lui la matière même du roman, la fabrication de la fiction. Ce serait un voyage. Arthur Gordon Pym est si vite emporté, à l'aube d'une ivresse, par la tempête qui va lui donner le goût de l'aventure et de la catastrophe. Je projetai alors d'écrire un vrai roman d'aventures, dans la lignée du genre — ou ce que j'imaginais être la tradition : avec de grands déplacements, des désastres, des naufrages, des cataclysmes.

C'était la première fois — après la fiction de la première partie de *Voyage avec deux enfants* — que j'inventais une histoire. Comment la mener à son terme, sinon par la lecture ? Je fis un peu comme j'avais vu faire Chéreau : avant un spectacle, il s'entoure de tout un matériel de documentation, textes, peintures, photographies, qu'il n'épluche pas vraiment mais dont la présence et le poids lui permettent de rêver plus lestement à l'histoire : de bien lester la barque du récit pour qu'elle file mieux à travers ses écueils. Là, je procédais un peu à l'inverse de Patrice, qui démarre à partir du texte, et qui part à la recherche de corps, de décors, de voix. Des visages, des gestes, des paysages se dessinaient en premier lieu et c'était à partir de leur imagination que le texte devait prendre corps.

Une lecture s'enchaînait à une autre, à l'infini. Je lisais parallèlement des récits d'aventures et des récits de sainteté car je ne voulais pas perdre mon fil. Mais la lecture prit le pas sur l'écriture, les notes devinrent trop prenantes, paralysantes. Bougainville et Cook m'avaient amené à Humboldt, que je leur préférais. Melville était inépuisable. *La légende dorée* aussi ; un ami me confia *La vie de saint Antoine* par saint Athanase et *Les conférences* de Cassien. Il y avait là une foule de citations possibles, de mises en exergue. Je voulus les éviter, c'est pour cela que je les ai regroupées comme une dynamique autonome de récit dans le chapitre intitulé « Les îles » qui est à l'intérieur du livre comme l'anamorphose d'une bibliothèque.

À Noël, je partis sur l'île d'Elbe, pour écrire l'épisode du bateau. J'avais emporté un album d'un peintre russe du XIXe siècle, Aïvazovski, qui, sa vie durant, n'a peint que des marines, des naufrages, des torpillages. Sa dernière peinture montre une frégate qui explose toute seule, sans agression extérieure, comme un cœur qui éclate. Je regardais fréquemment ces peintures entre deux plages de travail. Pour l'épisode du bateau, je n'avais guère d'ambition : je voulais juste me remettre dans ce rêve d'enfance, lorsque je me retrouvais avec mes parents sur leur bateau et que je me disais : mon Dieu, que ce serait magnifique d'être seul sur un bateau avec un garçon, un camarade. C'est du souvenir de ce désir que sont sorties toutes les actions de Bichon et Arthur.

Nous sommes partis pour Florence et par hasard, parce qu'un autre musée était fermé, nous sommes entrés dans le musée des Sciences : je savais que dans ses lubies Arthur devrait faire des expériences scientifiques, mais je m'attendais à devoir fouiller dans de nombreux livres anciens pour pouvoir les raconter ; elles se déployaient toutes seules devant moi dans ces grandes machines surannées, mon épisode était tout entier contenu dans les pièces du musée.

La fin du livre s'était organisée d'elle-même : les récits de sainteté m'avaient persuadé qu'ils devaient découler de l'illusionnisme. Dans *La légende dorée* une phrase m'avait mis la puce à l'oreille : « Il releva la tête, et il vit une chouette, c'est-à-dire un ange », je vis dans ce « c'est-à-dire » la preuve de la prestidigitation chrétienne. Après de nombreuses recherches je trouvai chez un antiquaire deux traités d'un magicien du début du siècle, Dickinson, qui trahissait son engeance en révélant tous ses trucs (je me demandai si de mon côté, en confectionneur de roman périlleux, je n'allais pas faire de même). Je pensais beaucoup à Tintin, bien sûr, à Bibi Fricotin, au Club des 5, à Jules Verne et à Maurice Leblanc.

Le récit avançait comme un bestiaire : le plus d'animaux possible devaient s'y loger. Je fus très heureux quand une amie, qui me demandait où j'en étais dans mon travail, me dit : « Ah oui, vous voulez faire un ours. » Un ours est une première mouture. Je repensai à cette conversation avec T., qui n'avait pas aimé *Voyage avec deux enfants,* et qui me dit que c'était un peu un « bousillé », cette œuvre tarabiscotée que les verriers ficelaient à leurs heures perdues. J'étais en train d'accoucher d'un nouveau monstre : un ours bousillé.

Le récit finissait dans le sang, c'était une couleur. Je repensai au *Nécrophile* de Gabrielle Wittkop, un de mes livres préférés, le journal d'un amant des morts, et à *Vermisat* de Mario Berenta, un petit film italien très étrange où l'on voit un pêcheur de sangsues amoureux d'une prostituée, et qui va vendre son sang pour lui payer un manteau de fourrure.

Si le livre était d'abord paru en feuilleton, comme je l'avais espéré, la première illustration aurait été l'autoportrait de Munich de Rembrandt en jeune chien fou — un portrait idéal d'Arthur — et la dernière aurait été cet autre autoportrait qu'on peut voir à la Frick Collection de New York, et qui le montre affublé d'un chapeau noir entouré d'une couronne d'épines. Entre eux deux, il y aurait eu le *Jeune homme au gant* du Titien, le *Jeune homme à la ceinture* et l'*Homme blessé* de Courbet, les singes de Téniers découverts au Prado, un des naufrages d'Aïvazovski, un homme torse nu au violon du Hongrois Ferenczy, les deux enfants nus dorés de James Ensor, le *Sacrifice de Diane* d'Aristide Sertorius, les *Leçons d'anatomie* de Rembrandt, le *Christ* de Vélasquez, des peintures d'anges, des bestialités de salon composées par Longhi et, bien sûr, le *Pédicure* de Degas. Moi qui voulais écrire un livre, sinon sur la peinture, sur des peintures, je m'aperçois que celui-ci l'a un peu doublé, vampirisé. De quelles façons les peintures ont pu s'infiltrer dans l'écriture, je ne le sais pas bien, car jamais je n'ai écrit en les regardant, mais entre-temps, avant ou après. Souvent les images ont fixé la scène des chapitres.

À un moment j'ai cherché à savoir si j'avais déjà rencontré mes personnages — moi qui les adorais tant —, et il m'a semblé évident que c'étaient eux ces deux garçons épuisés qui s'étaient réfugiés avec moi à Naples sous l'auvent d'un hôtel pour échapper au déluge. Il m'a semblé qu'ils étaient apparus dans ma vie bien avant que je les invente, dans une lettre d'Amérique de T., par exemple, où il me racontait un accident et la mort d'un garçon dont il ignorait qu'il s'appelait Bichon. T. réapparaissait en même temps dans le livre, lui que *Voyage avec deux enfants* avait mis à mort, voilà qu'il ressuscitait *a contrario*, comme personnage éternel que même la fiction ne pouvait ignorer.

Souvent, en écrivant, je pensais à un enfant presque inconnu, le fils d'un collègue, Valentin. Je n'y suis pas tant attaché qu'à l'amour que semble lui porter son père, et qui me rappelle si fortement, à travers quelques aveux, l'amour que me portait le mien. Mais il était une sorte de lecteur idéal. J'avais envie qu'il puisse lire le livre, que sa lecture lui soit permise par son père, et souvent je m'alignais sur cette espèce de repère, de mesure. Je faisais en sorte que le récit soit le plus chaste possible.

La nécessité de toucher un public, qui doit un jour ou l'autre se poser à celui qui écrit, ne serait-ce qu'économiquement, n'était pas tant du grand public que du grand public de l'enfance. Il suffirait d'ôter à peine dix pages aux *Lubies d'Arthur* pour qu'il soit un vrai livre pour enfants. Mais à quoi bon faire des manières puisque l'enfant préféré a pu lire *Les chiens* sur sa bicyclette, à la lueur de quelques rayons de lampadaires ?

Alors, est-ce un roman ? S'il fallait lui apposer une étiquette, je préférerais celle de conte, ou de légende. Il ressemble d'ailleurs étrangement aux toutes premières choses que j'ai écrites, qui étaient des contes pour enfants. J'ai l'impression que les choses s'écrivent par cycles et reviennent épisodiquement, toujours les mêmes, ou à peine différentes.

Les livres sont liés les uns aux autres, bien sûr. Un jour un ami me dit : « Ce que je préfère dans ce que tu fais, c'est le lien que tu donnes à tes livres. C'est comme une maison : il y a ta chambre, et puis il y a la chambre de l'ami, la chambre de tes grand-tantes, et puis des corridors qui relient toutes ces pièces. » *Les lubies d'Arthur* serait alors la bibliothèque de la maison, et la chambre d'un enfant qui n'adviendra pas.

(1983)

LA CHAIR FRAÎCHE

Roman

L'abbé Sandre, avant de disparaître, laissa dans ses affaires, à l'intention de son successeur, dont il ne parvenait pas à imaginer l'existence, le visage ni même la silhouette, car c'eût été regarder sa propre mort de trop près, et sa mort, il n'y croyait qu'une fois sur deux, une cassette sur laquelle, de bout en bout des deux faces, quatre-vingt-dix minutes durant, il ne cessait de sangloter aux oreilles de l'inconnu, en accusant la bande des quatre de le tenir entre leurs griffes et de l'avoir réduit à zéro.

Le successeur de l'abbé Sandre n'eut pas le temps d'ouvrir le tiroir au fond duquel était cachée la cassette, sous des paperasses. Dès les premiers frimas, il consacra son sermon à la phobie du froid, et à la solitude odieuse qu'il engendrait dans un lit vide.

« Vous, clama l'abbé Rosier en haranguant les fidèles, dans vos demeures coquettes et dans vos lits douillets brodés de dentelle qui sentent le pot-pourri, sous vos bonnets de nuit, auprès de l'être que vous aimez et que vous détestez à la fois le plus au monde, vous n'avez aucune idée de mon isolement dans ce presbytère glacé et lugubre, et en plus, comme si j'avais besoin de ça, vous défilez devant moi en m'abreuvant de vos jérémiades et de vos calomnies ! »

L'abbé Rosier ruisselait de sueur, il se grattait le cou sous le collet, ses paupières étaient à demi closes, et sur sa chaire il pliait les genoux par à-coups, comme prêt à s'asseoir, alors qu'il ne s'y trouvait aucun siège pour son fessier décharné.

Ce discours était déjà si violent qu'il n'avait pas besoin d'être gonflé au moment où il ferait traînée de poudre, le plus vite possible. Dans ce village, il ne pouvait y avoir d'autre sanction que l'exil. Un tel homme ne pouvait donner l'absolution, ni les saintes huiles. Mais les fidèles furent pris de court dans la machination de leur jugement. Dès le lendemain du fameux sermon, on constata que l'abbé Rosier s'était cadenassé chez lui et ne répondait pas au téléphone. Quand on força sa porte, on dut convenir qu'il ne s'était pas pendu, comme le bruit en courait déjà, mais qu'il avait bel et bien pris, sans un mot d'explication ou d'adieu, la poudre d'escampette pendant la nuit.

Romélie, la droguiste, qui habitait l'appartement juste en dessous de celui du curé, déclara qu'elle avait identifié le pas furtif du fantôme de l'abbé Sandre, bientôt suivi d'une mêlée, d'une bagarre, puis du choc d'un corps qui s'écroulait. Il était évident que c'était l'abbé Sandre qui avait chassé de son fief l'abbé Rosier.

En vérité, Romélie n'avait pu être témoin de ce corps à corps, vu que, comme chacune des nuits de ces vingt-cinq dernières années, elle ne l'avait pas passée chez elle. Après avoir fermé le magasin, qui était d'ailleurs plutôt un bazar qu'une droguerie, car on y vendait toutes sortes de choses hétéroclites, des ampoules, des couteaux électriques, des abat-jour, de la literie, du Fly-tox, avec une petite vitrine spéciale pour la lingerie féminine, où des culottes de soie et de satin, couleur chair ou noire, semblaient voler grâce à de judicieux échafaudages tissés d'épingles et de fils de nylon, Iris, son associée, prenait sa Mobylette pour rentrer chez elle, une maison un peu à l'écart du village, l'une des premières maisons un peu cossues du village, car Iris devait tenir d'un héritage un petit pécule qui lui avait aussi permis d'acheter le fonds de commerce. Romélie, de son côté, montait chez elle, allumait soigneusement toutes les lumières, et en été attendait que la nuit soit suffisamment épaisse pour s'y faufiler et rejoindre Iris. Elle repassait tard chez elle, après la fin du programme télé, juste pour éteindre les lumières.

Dans le village, tout le monde était au courant de ce simulacre, mais ne s'en gaussait même pas, on s'en fichait éperdument. En fait ce rituel devait les exciter. Elles se répétaient, avec gravité :

« Dans l'intérêt du commerce, et pour la moindre des dignités, la plus grande discrétion sera toujours requise. »

Iris avait les cheveux aussi blonds et frisottés que Romélie les avait noirs et raides. Iris faisait penser à une parfumeuse, ou à une ancienne patineuse artistique, ses lunettes la complexaient. Vêtue d'interchangeables jupes en jean soviétique, Romélie ressemblait à un fort des halles. Iris avait pris des cours de danse quand elle était jeune, et refusait de sacrifier son plaisir à Romélie. Il fallait voir celle-ci, les soirs de bal sur la place du village, les bras croisés, tandis qu'Iris deux fois trop maquillée virevoltait entre les bras des hommes.

Romélie continuait d'aduler l'abbé Sandre. Elle disait que c'était un saint. Pour lui, elle s'était opposée à la bande des quatre. Mais elle faisait la quête à la messe, et cachait toujours quelques billets sous le napperon qui tapissait la corbeille : c'était l'argent de poche de son idole, puisqu'on l'écartait de toute gestion. Elle vendait aussi aux petits enfants des feux de Bengale pour les processions. Quelquefois, il lui arrivait de descendre un balai de chez elle et de balayer de long en large, un peu comme une possédée, le pavement de l'église, ce qui évidemment ne complaisait pas à la bedeaude aigrelette qui était censée le faire et préparer les repas du curé, une espionne de la bande des quatre.

Le bruit circula que l'abbé Rosier était en cavale avec une femme. Son remplaçant n'était toujours pas nommé, pour certains c'était un suspense intolérable. En attendant, on avait hérité d'un petit Malgache qui ne plaisait à personne, et on craignait que l'évêque, par manque d'idées, ne le laisse à cette place.

Il n'y avait personne à Bareul pour ne pas voir de qui on parlait quand on évoquait l'existence de la bande des quatre, cette mafia occulte de l'église. Tout le monde savait qu'il s'agissait, par ordre hiérarchique, du menuisier, de la sœur du boucher, du patron du bar et du balayeur.

Le menuisier, avec sa bouille de fouine miraude, était réputé la tête pensante du groupe, son comptable, son chef. Il était d'une très curieuse et constante placidité, puisqu'elle pouvait le mener à d'imprévus accès de fureur. Il s'était fâché très jeune avec son frère, un coco. Quand ils enterrèrent leur père, le communiste resta à l'extérieur de l'église, son béret à la main, puis suivit la procession jusqu'au cimetière. Cette mort ne réconcilia pas les deux frères, qui ne se serrèrent même pas la main. Le menuisier avait un grand garçon un peu bêta, qui faisait du culturisme, et donnait parfois un coup de main au bar.

La sœur du boucher était un vrai monstre : une tête de bouledogue toute fripée surmontée de cheveux bleus clairsemés sur des croûtes, un corps informe dans une robe-sac, et pour jambes deux tuyaux de poêle rougis et crevassés, sans aucune ligne, des jambes de robot. Mais elle avait son importance dans l'association, car c'était elle, son cabas à la main, qui l'air de rien, pour demander des nouvelles ou colporter des rumeurs, parvenait à soutirer de l'argent à tous ceux qui n'allaient plus à l'église depuis longtemps. Le toit s'effondrait, l'horloge ne marchait plus sur la façade, une des cloches, celle qui annonçait le feu ou un décès selon sa ritournelle, déraillait, plongeant tout le monde, les pompiers en premier, dans l'erreur. Et toutes ces réparations coûtaient fort cher à la paroisse.

Le patron du bar était un nullard de la dernière espèce, hargneux, toujours pressé de baisser le son du juke-box une fois que les jeunes y avaient déversé leurs pièces de cinq ou dix francs, toujours à râler, il avait sur la joue gauche une tache brune hérissée de poils drus qu'il devait couper au ciseau chaque matin pour qu'ils repoussent encore plus vigoureusement, car on aurait dit du poil de sanglier, ou de cul de sorcière. On racontait que sa femme le battait, et que c'était la raison pour laquelle il était si teigneux avec les jeunes. Elle se faisait appeler la comtesse, et, à quarante ans passés, conservait ses longs cheveux en furie et ses robes de dentelle blanche. Elle ne s'était jamais remise de son amour d'adolescence pour le jeune noble du village, le bel André, qui sans prévenir était parti pour Monaco et se ruina en voitures de sport. Il revint un jour au village, dans la dernière, une Maserati, transportant avec ses valises une femme brune et moderne, aux lunettes effilées, et au foulard noué par-derrière, une femme en pantalon fuseau à élastiques et ballerines lamées or, une Italienne qu'il appelait Sophia.

Quant au balayeur, c'était quand même lui le responsable des ordures, il vidait les bennes, et dans l'association on ne lui confiait pas les tâches les plus reluisantes. Il était préposé aux menaces verbales, puis physiques. Il détenait une carabine avec laquelle il avait déjà fait feu plusieurs fois, généralement en l'air, pour intimider un adversaire. Il avait séduit pratiquement toutes les femmes mariées du village, c'était un mystère absolu : il était petit, et vilain, avec ses cuisses arquées de crapaud, des jambes courtes horriblement poilues et d'énormes pieds bronzés qui s'exhibaient dans d'inévitables socques de bois, le balai toujours à la main, pour mieux laisser traîner ses oreilles. On l'appelait le Chinois, parce qu'il aurait eu du sang chinois dans les veines, il avait aussi les yeux un peu bridés et, collée au crâne, une galette fine, noir corbeau, de cheveux tellement raplatis sur le front que tout le monde pensait qu'il s'agissait d'une perruque. Mais il y eut une année où le Chinois, par une audace que personne ne sut interpréter, se coiffa les cheveux en brosse, et l'on en vit l'implantation, pendant quelques mois, car le Chinois ne tarda pas à recouvrir à nouveau son front étroit sillonné de craquelures de soleil. L'été, il portait des chemises hawaïennes, nouées dans la ceinture de son short et grandes ouvertes sur un énorme bedon tendu à mort et glabre, comme un ballon qui aurait conservé au milieu un petit tortillon de chair par lequel on aurait soufflé, et qui méritait bien le surnom de boudine qu'on donnait au nombril dans ces pays archaïques.

Il ne saluait pas ses enfants quand il les croisait sur la place, et ses fils auraient plutôt craché dans son dos lorsqu'il passait. Il avait abandonné leur mère pour s'exhiber avec toutes ces touristes. Prendre une femme à son mari devait être la situation érotique qui l'excitait le plus.

Le Dieu du Chinois était Napoléon. Il s'était bâti dans la campagne, sur les restes d'un hangar à bestiaux, une petite maison tarabiscotée, où il recevait les femmes, et à laquelle il avait donné le nom pompeux de Villa Napoléon. Comme il ne savait pas écrire, il avait aussi demandé au peintre qui lui avait fait l'enseigne d'inscrire sur une banderole cet avertissement édifiant qu'il installa en travers du portail : « Interdit aux pédés et aux lesbiennes. » Il avait une sainte horreur de l'homosexualité, et, pas de chance, un jeune frère qui « en était ».

Pour une raison que personne ne connaissait, ce frère avait passé plusieurs années en prison. Malgré la haine de son frère, il était revenu au village la tête haute, la chemise grande ouverte — c'était une affaire de famille — sur un torse maigre entièrement tatoué. Il s'était fait embaucher comme maçon, traînait avec les jeunes du village, qui l'aimaient bien parce qu'il leur donnait des tuyaux pour draguer les filles, jusqu'au jour où le peintre lui mit le grappin dessus. Ils devinrent un couple officiel, se donnant rendez-vous sur la place qu'ils se mettaient alors à sillonner en tous sens, tout en devisant, malgré la différence de classe, et en faisant de grands gestes.

Le peintre ne peignait que des femmes nues, ou sa mère, avec qui il vivait, dans ses plus beaux atours. Il portait la moustache, des pantalons blancs serrés sur les fesses, des mocassins blancs. Il se définissait comme un pessimiste, et ne lisait plus que Nietzsche, Kierkegaard et Rimbaud, qu'il essayait de faire découvrir au maçon.

Le suspense qui entourait la nomination du nouveau curé enflait de jour en jour. L'évêque avait visiblement son idée, mais personne ne la connaissait. Un soir que la doctoresse était invitée à dîner chez Hélène, la femme du maire, celle-ci lança tout à coup :

« Il était bizarre, cet abbé Rosier, vous ne trouvez pas ? J'ai déjà oublié sa tête...

— Bizarre, tu parles ! Il se piquait, oui. » Et elle fit le geste de s'enfoncer une seringue dans l'avant-bras. « Mais ne le répétez pas, ajouta-t-elle, ça a beau être une histoire de drogue, ça relève quand même du secret professionnel. »

Hélène tenait un petit commerce de vêtements dans la ruelle escarpée du village, en face de la boulangerie. Elle passait ses journées assise sur le pas de sa porte, à bavarder avec la boulangère. Elle s'ennuyait. Hélène était surtout intéressée par le malheur des autres. En ce moment, son sujet de conversation favori était la déchéance du couple qui tenait le supermarché. Ils avaient vécu dans l'opulence, et maintenant ils étaient en faillite, il fallait bien en tirer une leçon. Tout était sa faute à elle. La fille du poissonnier avait eu des rêves de grandeur. Il fallait la voir, à l'heure du déjeuner, une fois le magasin fermé, traverser la place, suivie de son gnome de fils, tenant de ses doigts crochus boudinés sous les bagues les deux sacs en plastique dans lesquels elle avait directement vidé son tiroir-caisse composé en grande partie de l'argent qu'elle avait passé toute la matinée à voler. Tout le monde savait qu'Anne volait à la caisse, mais elle était trop rapide pour qu'on puisse la pincer, et son magasin restait le mieux achalandé. Elle volait les pauvres comme les riches, et ensuite s'achetait des manteaux, sa passion, comme son mari les autos, à crédit. Maintenant les rayons étaient vides, les banques ne voulaient plus payer, ni les fournisseurs livrer à moins d'échanger la marchandise contre du cash, ils savaient que les chèques seraient en bois. Le mari d'Anne avait d'abord revendu ses deux voitures, puis Anne, elle-même, un couteau dans le cœur, ses innombrables visons et zibelines. Personne ne mettait plus les pieds dans le magasin qu'on aurait cru vidé par des pilleurs. Le village abandonnait celle qu'il avait laissé le voler pendant des années.

« Quand même, il y a une justice, disait la femme du maire à la boulangère. Tu te rends compte, pour ses noces d'argent, Anne avait exigé de son mari, tu sais quoi ? Rien de moins qu'un diadème avec des diamants ! Comme la Reine d'Angleterre ! Moi, pour nos noces d'argent, j'ai eu en tout et pour tout des brillants si petits qu'ils ont pratiquement été mangés par les lobes de mes oreilles ! »

Chacun avait des désirs fous. Lors de la dernière réunion de la bande des quatre avec l'abbé Sandre, à laquelle le balayeur n'avait pas été convié, Sandre attaqua bille en tête :

« Il faut acheter un magnétoscope pour la paroisse.

— Et vous n'avez pas assez du projecteur des sœurs de Beufel que vous empruntez à tout propos, Dieu seul sait pourquoi ! » cria pratiquement l'horrible Inda, la sœur du boucher.

« À quoi bon un magnétomachin ? » demanda plus calmement le menuisier.

L'abbé Sandre avait acheté à Paris, lors d'un week-end paroissial, des cassettes qu'il n'avait même pas pu visionner chez son ami à Lille, car il était équipé en Pal-Secam.

« Eh bien, un magnétoscope, parce que c'est l'outil du futur », répondit l'abbé Sandre, ne trouvant rien de mieux à dire. « Mais il faut du Betamax, le Pal-Secam s'est si vite démodé ! »

Le patron du bar se taisait.

« Mais dites-moi un peu, avança timidement le menuisier. Je me suis permis de compulser votre cahier de comptes, et sur quoi suis-je tombé ? Matelas, matelas, et encore matelas ! Que diable pouvez-vous fabriquer avec tous ces matelas ? »

Cette fois, l'abbé Sandre fit semblant de ne pas entendre la question, et réembraya sur la nécessité d'avoir un magnétoscope, avant même un ordinateur.

L'abbé Sandre n'avait jamais eu de complexes avec les garçons. En été, il emmenait se baigner, dans sa décapotable, ces mêmes garçons auxquels il lavait les pieds devant l'autel et tout le village, lors d'un rituel ancestral qu'il avait réinstauré. L'endroit le plus proche pour atteindre la mer était Berque-Plage où l'on alignait au soleil, devant l'horizon, des paralytiques sur leurs brancards et des hommes-plantes pour que le bon air marin les fasse croître. L'eau était glacée. Les garçons du curé s'ébrouaient entre les enfants-crabes et les mongoliennes limaçonnes. Berque-Plage était le havre de tous les défavorisés. L'abbé Sandre était arrivé à dissimuler qu'il ne savait pas nager. Assis sur le sable, en maillot, il regardait ses garçons.

De retour au village, il pilait sec devant l'église, les garçons frissonnants, serrés les uns contre les autres, sur le rebord du coffre arrière. On apercevait les granulations hérissées de leur chair après le bain qui signifiaient la bonne santé. Par contre, on affirma longtemps que l'abbé était mort d'une pneumonie, à cause de ses imprudentes escapades à la mer. Personne n'avait jamais jasé dessus, l'abbé Sandre partait du principe qu'il n'y a rien à dénoncer s'il n'y a rien à cacher. Le boulanger, qui pelotait devant tout le monde sa fille de quatorze ans qui commençait à avoir des formes rebondies, s'appuyait sur le même postulat.

Ce n'est pas comme pour l'élection du pape au Vatican, où des derviches interprètent des bouffées de couleurs qui sortent en fumées d'une cheminée. D'un jour à l'autre, sans que personne ait pu le prévoir, Bareul avait son nouveau curé. On ne savait pas quand exactement il était arrivé, de jour ou de nuit, par quel train, ou en voiture, seul ou accompagné, avec de très nombreux bagages, on ne savait rien, mais on l'avait vu, il était là, et les rumeurs, vraies et fausses à pourcentage sûrement égal, filaient déjà bon train sur lui. Il était jeune, enfin relativement. Il portait le col une fois sur deux. Il n'était pas bien grand et avait une petite tendance à l'embonpoint. Il avait un visage joufflu enfantin. Il était entré dans le café, s'était accoudé au comptoir, avait commandé un café serré, n'avait pas dit qui il était, mais la comtesse avait eu le temps de bien examiner le nouvel arrivé, il avait bu d'un trait son café, et était reparti en direction de l'église. Il était allé se reposer, prier, visiter sa demeure. Était-il venu avec une gouvernante, ou celle de l'ex-curé ferait-elle l'affaire ? C'était un personnage très important, qui avait ses entrées au Vatican, faisait plusieurs fois par mois l'aller-retour Paris-Rome, et discutait en latin avec le pape. Il était docteur en biochimie, spécialiste d'insémination artificielle, il avait écrit une thèse sur la stérilisation des femmes. Mais s'il était si important que ça, pourquoi avait-il échoué dans ce trou ? Il avait besoin de méditer. Il était là en punition. Billot, c'était un drôle de nom pour un prêtre. Mais le premier cancan que tout le monde sans exception débita sur le nouveau curé, ce fut :

« Il se teint les cheveux. »

Quand il était entré dans le café, il était essoufflé et en sueur, il portait un vieux cartable à soufflets qui avait l'air plein à craquer, et ça n'avait pas échappé à la comtesse que quelques gouttelettes perlaient de dessous sa patte gauche, une rosée plutôt, d'un bleu indigo.

On voulut voir de près l'abbé Billot, le questionner, démêler le vrai du faux, sans attendre sa première messe. La femme du maire, Hélène, l'invita à dîner avec la doctoresse et son mari. Il avait un petit rire flûté et gêné, qu'il cachait avec sa main, comme s'il délogeait quelque embarras entre deux dents. Il avait aussi un sacré coup de fourchette.

« Vous n'êtes pas étonnés de voir un curé aussi jeune ? » demanda-t-il.

Mais il devait être le plus vieux de l'assistance. Une fois qu'il fut parti, tôt, sous le prétexte d'examiner des dossiers, Hélène lança dans son dos :

« Il ne me plaît pas, celui-là. Je ne saurais pas dire quoi, mais il y a quelque chose de profondément faux en lui, vous verrez ce que je vous dis. »

La bande des quatre, qui cette fois n'étaient que trois, comme pour toute occasion un peu solennelle, fit une tentative d'approche, prudente mais ferme. Ils prirent rendez-vous avec l'abbé Billot pour lui expliquer le fonctionnement des finances de la paroisse, dire du mal à ce sujet de ses prédécesseurs, et l'assurer d'ores et déjà de leur concours bénévole. Mais le curé resta sur son quant-à-soi, évasif, presque buté, il ne posa aucune question et les raccompagna à la porte de la sacristie avec force petits sourires délibérément hypocrites.

L'abbé Billot frappa très fort lors de son premier sermon, mais d'une autre façon que l'abbé Rosier. Il commença tout miel et finit dans une explosion de fureur, le visage gorgé de sang, en criant du haut de sa chaire :

« Ce qu'il faut avant tout, c'est débarrasser cette paroisse de sa racaille ! »

Le mot était jeté. La sœur du boucher sortit aussitôt de l'église en pleurant, bientôt suivie du menuisier qui mâchait ses mots sans en cracher un seul, puis du patron du bar qui, lui, adopta une position plus détachée, les mains dans les poches, regardant en l'air comme un touriste qui contemple des ogives, tout juste s'il n'aurait pas siffloté. Ce fut le Chinois qui eut le plus de mal à s'arracher de son prie-Dieu d'osier sur lequel, genoux nus, il se prosternait chaque semaine. Il se tourna d'un air déconfit et coupable vers sa matrone d'épouse, comme un enfant qui a fait une grosse bêtise. Il était forcé de sortir à son tour de l'église. S'il avait encore pu choisir son camp, il y serait resté, et serait parti en guerre avec son balai contre la racaille. Car la guerre était déclarée.

L'abbé Billot fut estomaqué, en cherchant autre chose, de tomber sur l'enveloppe épaisse où étaient conservées les factures des dizaines et des dizaines de matelas que l'abbé Sandre avait achetés dans le magasin d'Iris et Romélie. En plus, à part celui de sa chambre à coucher, il ne trouvait pas la moindre ombre de matelas dans le presbytère entier. Il descendit au magasin dans l'espoir de glaner quelques explications. Iris était absente.

« Il en a tellement acheté, dit Romélie, qu'on lui faisait des ristournes. Je les lui vendais quasiment au prix d'achat.

— Mais pourquoi achetait-il tous ces matelas ?

— On n'en a jamais parlé, mais je suppose qu'il rêvait d'un immense dortoir pour ceux qui n'avaient pas d'abri, les nécessiteux, les jeunes...

— En tout cas on ne peut même pas mettre la main sur ces fichus matelas : ils ont disparu en même temps que Sandre, comme s'il les avait emportés dans sa tombe...

— Je crois bien, dit Romélie d'un air mystérieux, que ces matelas sont cachés dans la crypte de l'église... »

Puis Romélie se hasarda :

« Et vous, mon père, vous l'avez vu ou entendu, le fantôme ?

— Assez avec ces âneries ! explosa le prêtre. Je ne veux même plus entendre prononcer le mot fantôme dans ce village, il me sort par les oreilles. »

Dans la foulée, hautement intrigué par cette affaire de matelas, sans doute parce qu'il supputait un mystère autrement plus tarabiscoté que celui qu'il dissimulait en réalité, l'abbé Billot alla détacher du trousseau qui pendait sous les boutons des sonneries de cloches, comme sa cuisinière le lui avait expliqué, la plus grosse et la plus vieille des clefs. Il se dirigea derrière la sacristie, vers le petit bureau qui servait plutôt de débarras, déplaça une chaise, et poussa du pied le tapis mité qui camouflait l'ouverture de la trappe. Il s'y faufila en pensant qu'il n'avait plus l'âge de telles contorsions. L'escalier en colimaçon était tortueux comme tout, avec des marches si érodées qu'on aurait parfois dit de la dentelle branlante, celles-là, il les évitait. Avec sa clef il réussit à ouvrir la porte. Il déboucha dans un capharnaüm humide et poisseux, totalement obscur, et il n'y avait rien pour éclairer, malgré une ampoule qui pendait au milieu, que de vieux cierges épais et jaunis. Mais la première chose que l'abbé Billot discerna dans ce fatras de malles et, on ne sait pas pourquoi, de landaus, de croix fêlées, de bateaux miniatures, de madones démantibulées dans leurs housses tissées de sécrétions d'araignées, il y avait même un squelette suspendu à une tige de métal montée sur roulettes, ce furent les matelas. Ils étaient empilés tout au fond de la crypte, dans l'angle opposé, irréels dans un brouillard de lumière, éclairés par une petite lucarne jusqu'à laquelle ils semblaient vouloir se hisser pour s'échapper. Ce fut une véritable vision pour l'abbé Billot : Maintenant je comprends, se dit-il à lui-même, c'est un monument, comme une pyramide, c'est toute l'œuvre d'un homme terriblement solitaire ! Il se fraya un chemin parmi les caisses et les ex-voto, se signa devant le squelette, et alla examiner de près les fameux matelas. À peine eut-il mis la main, pourtant délicatement, sur le matelas le plus haut, qu'il pouvait à peine atteindre, que toute la pile s'écroula, le laissant dans l'obscurité, car c'étaient les matelas qui diffusaient la lumière, et le rayon de soleil à ce moment déborda de la lucarne. Il alluma un des gros cierges de communion pour y chercher quelque autre preuve, il avait décidé de ne pas les remettre en place. Il en retourna quelques-uns, et dut se rendre à l'évidence : c'était tous des matelas pour une personne, tous de la même taille et du même fabricant, d'une mousse de pas très bonne qualité que les rats avaient commencé à extirper de la housse, déjà décolorée, où apparaissait parfois un myosotis, ou un nain à bonnet et bottes rouges sous un champignon géant. L'abbé Billot n'eut aucune honte à y chercher quelques auréoles, ou louches taches jaunâtres, mais il n'en trouva point. Même pas de taches ! pensa-t-il seulement. Après tout, Romélie devait avoir raison : les nécessiteux et les jeunes... Pas plus sorcier que ça. En vérité, il restait éperdument perplexe.

La bande des quatre cette fois avec le Chinois pour faire masse mais on le convainquit de laisser sa carabine à la maison, se pointa en délégation, à une sortie de messe, pour avoir des témoins. Ils disaient à qui voulait les entendre qu'ils étaient venus donner une dernière chance à l'abbé Billot. S'il acceptait de leur faire des excuses publiques, tout serait oublié, et l'on repartirait d'un bon pied. Sinon, ils étaient prêts à le faire dégommer par l'évêque, avec qui ils entretenaient les meilleurs rapports.

L'abbé Billot ressentit un certain plaisir à jouer les andouilles :

« Ce n'est pas de la mauvaise volonté de ma part, mais je ne comprends absolument pas votre démarche. Comment et de quoi pourrais-je m'excuser, puisque je n'ai injurié personne nommément. C'est vous-mêmes qui vous êtes injuriés, curieusement, devant tout le village, en quittant l'église à ce mot de racaille, que je maintiens d'ailleurs tout à fait. »

« Il le paiera cher », dit le menuisier à la sœur du boucher en fuyant l'esplanade de l'église.

Indépendamment des nombreuses missives de plaintes adressées au curé en chef de la région, l'abbé Georges, qui était resté dix ans curé à Bareul avant d'être promu à Lille, ainsi qu'au vieil évêque, la bande des quatre avait choisi comme tactique de combat d'isoler l'abbé Billot au centre d'une sorte de blocus, de geler toute rentrée d'argent autour de lui, de l'affamer en quelque sorte. Il ne tiendrait pas longtemps. La sœur du boucher ne sonnerait plus de porte en porte pour grappiller, ici un billet de cent francs, là un autre de cinq cents. Ou alors elle poursuivrait son travail de fourmi en expliquant que le nouveau curé n'était pas très honnête.

La tactique de l'abbé Billot était de faire la sourde oreille jusqu'à la plus ultime des conséquences, et de ne dévier en rien de sa ligne de conduite, qui était : récupérer les cordons de la bourse. Sa philosophie du moment, parce qu'il arrivait que tout cela le rende inquiet, était le célèbre dicton : « Les chiens aboient, la caravane passe. »

Hélène, la femme du maire, se plaignait que la vie manquât de couleurs et de fantaisie. Une fois par semaine, elle prenait le bus pour Lille et se rendait chez une coiffeuse post-punk qui lui mettait beaucoup de couleurs et de fantaisie dans les cheveux. Elle rentrait ragaillardie, et disait à la boulangère :

« Tu vois, là, derrière, je suis complètement bleue. »

La semaine d'après, la même mèche devenait jaune.

Hélène avait beaucoup hésité, mais un jour, en voyant l'abbé Billot sortir de sa voiture, elle pensa : c'est le moment ou jamais, et elle se jeta à l'eau. Elle sortit discrètement de son sac un petit flacon bien enveloppé dans du papier blanc, et aborda le prêtre en le lui tendant :

« Vous allez me trouver bien audacieuse, mon père, et c'est un tout petit cadeau, vraiment tout petit, mais vous devez ignorer que dans tout le village, après le mot racaille, tout le monde ne parle que de votre teinture de cheveux. Et c'est vrai, selon moi aussi, hein, c'est pour votre bien, qu'elle est trop foncée, sans nuances. Je vous ai trouvé à Lille quelque chose de plus discret, genre marron d'Inde, tout aussi soutenu, mais qui devrait mieux vous aller. »

L'abbé Billot ne savait comment réagir. Il ne parvenait pas à décider si la femme du maire se payait sa tête, ou si elle faisait vraiment ça par amitié. Il n'avait aucun ami.

À tout hasard il essaya la lotion, et il reconnut tout de suite qu'elle faisait merveille sur lui, surtout au niveau des tempes où débordait souvent ce reflet indigo.

L'abbé Billot décréta alors que cette Hélène était une alliée, et, puisqu'elle avait osé, il oserait à son tour. Il décida d'aller lui acheter des sous-vêtements.

« On nous condamne toujours au gris, au noir, à toutes ces couleurs ternes que je déteste, confia-t-il à Hélène, en fait je voudrais quelque chose d'un peu fantaisie.

— Ah ! Vous aussi, vous aimez la fantaisie ! » dit Hélène avec béatitude, se retournant pour lui désigner sa mèche jaune.

Le curé sortit du magasin avec trois nouveaux caleçons, quand même bien enveloppés : l'un avec des Schtroumpfs, l'autre avec des fusées Objectif lune, rouges et blanches, le dernier avec Marilyn Monroe, quand la corolle de sa robe est soulevée par un tourbillon d'air.

« Attendez ! mon père, cria Hélène en dévalant la ruelle, un ticket à la main. Vous oubliez votre ticket de caisse. Je voulais aussi vous dire que je suis complètement avec vous dans le combat que vous avez entrepris, je n'ai jamais aimé ces gens-là.

— Moi je compte sur votre discrétion », lui chuchota l'abbé Billot, les joues un peu rosies.

Leur jour de fermeture, Iris et Romélie prenaient la voiture, qui restait la semaine au garage, un hangar préfabriqué attenant à la maison, et partaient à Lille faire la fameuse promenade des Marronniers, bras dessus, bras dessous, aller-retour, en papotant sur les gens qu'elles croisaient, jusqu'au moment où elles s'affaissaient épuisées à une terrasse pour manger une glace à trois boules surmontées d'une ombrelle de papier. C'était Iris qui conduisait, Romélie ne savait pas. Elle sortait la nouvelle voiture pour la deuxième fois seulement, une RX rouge, le tout dernier modèle. Elle était plus large que la précédente, Iris avait l'impression d'avoir de la buée sur ses lunettes, Romélie était sortie de la voiture pour la guider dans la manœuvre, mais les vitres étaient fermées, Iris n'entendait rien, et elle trouvait que les feux arrière qui lui permettaient de voir Romélie gesticuler étaient bien trop violents, cette pauvre Romélie devait être aveuglée, Iris tournait nerveusement une manette pour tenter de réduire cette lumière, de l'autre main elle n'arrivait pas à passer la marche avant. Romélie vit le coup qu'Iris allait l'écraser contre le mur.

« Mais avance, espèce d'abrutie, au lieu de reculer ! Tu vas me tuer... »

Le mot abrutie, qui celui-là lui parvint, déclencha une réaction si forte chez Iris qu'elle appuya sur l'accélérateur. La jambe de Romélie était prise entre le pare-chocs de la voiture et le mur de béton du fond, elle braillait, elle s'était projetée sur la malle arrière pour épargner sa hanche.

« Dégage-moi de là », demanda-t-elle, cette fois d'un ton suppliant.

Iris trouva tout de suite la marche avant. Tout avait été à la fois trop rapide et interminable, comme dans un cauchemar. Iris soutint Romélie claudicante sur son épaule.

« Emmène-moi tout de suite à l'hôpital », dit-elle froidement.

Romélie ne gémissait plus, elle se mordait la main. Jusqu'à l'hôpital, elles n'échangèrent pas un mot. Iris pleurait à gros bouillons, mais en silence. Soudain Romélie explosa :

« Si tu as le culot, avec ma jambe comme ça, de danser samedi soir, je te tue, tu m'entends ! »

C'était l'été, il y avait bal.

Romélie revint au village avec une béquille et une espèce de sabot de caoutchouc blanc à pressions qui sortait d'un bottillon, comme en portent les pieds-bots. Mais cette orthopédie factice en dissimulait une autre, autrement plus frankensteinienne. La chair en bouillie, remodelée tant bien que mal, était encerclée à distance dans un cylindre d'acier, d'où partaient des broches qui s'encastraient avec des vis de part et d'autre de la jambe. Cette pauvre Romélie n'avait pas de chance. L'hiver dernier, à cause d'on ne sait quel nerf, elle avait eu toute la moitié du visage paralysé. La doctoresse n'avait rien trouvé de mieux à lui dire que de porter une toque de fourrure, pour se protéger des mauvais courants d'air. Dans le village, on l'appelait Raïssa, du nom de la femme de Gorbatchev.

Bien qu'il conservât toute sa confiance en lui-même, et eût calculé ses capacités de résistance à la minute et au franc prêts, l'abbé Billot alla prendre la température du côté de l'abbé Georges, qui était quand même le curé en chef du district. Peut-être aurait-il un jour besoin de sa protection. Les curés se serraient les coudes. L'abbé Georges était le type même du brave homme, un peu rougeaud, amateur de bonne chère, parfois avec excès, et de vins gouleyants, modérément, il détestait les salades et les micmacs, il méritait sa tranquillité. Il avait hérité d'une hideuse église moderne, faramineusement grande et toujours vide, avec une croix disproportionnée, érigée dans un quartier populaire en bordure de la zone industrielle lilloise.

Quelle que soit l'heure, et la plus inattendue, on réveillait toujours l'abbé Georges lors de ses innombrables siestes. On le réveillait au téléphone. La phrase la plus prononcée dans sa vie devait être :

« Oh ! Je n'ai pas fermé l'œil de la nuit. »

Alors il dormait le jour, les yeux grands ouverts, comme un somnambule. Il dormait debout, en disant la messe. Il dormait en mangeant. Il dormait en vous parlant. Il dormait même en donnant l'extrême-onction. Il disait que ses nuits étaient tellement cauchemardesques que seules les agonies, pour lesquelles on l'appelait, avaient pour lui quelque chose de rafraîchissant.

En garant sa voiture sur le terre-plein de l'église, l'abbé Billot n'eut pas à déployer des trésors de perspicacité déductive pour deviner que la bande des quatre avait eu la même idée que lui, mais l'avait précédé. Trois voitures étaient garées à l'écart, presque soudées portière contre portière. L'abbé Billot n'aurait certainement pas reconnu les voitures du menuisier et du patron du bar, dont rien n'indiquait qu'elles venaient de Bareul, mais la caisse du Chinois était tellement grotesque, avec ses peinturlurades naïves de Napoléon en médaillons et de Joséphine de Beauharnais sous ses cocotiers, qu'elle était identifiable au premier coup d'œil. L'abbé Billot pensa d'abord faire demi-tour sur-le-champ, mais une intuition lui souffla qu'il tirerait un certain amusement à affronter la situation. Il était prêt à se retrouver nez à nez avec la bande des quatre, ils s'ignoreraient, et puis après. Il faisait chaud. Des enfants jouaient dans la rue.

L'abbé Billot contourna l'église pour atteindre la petite place sur laquelle donnaient les fenêtres du bureau, contigu à la chambre à coucher de l'abbé Georges. Le soleil tapait fort. L'abbé Georges avait tiré les persiennes, mais il avait dû laisser les fenêtres ouvertes pour créer un courant d'air, car l'abbé Billot, en s'approchant à pas de loup, reconnut immédiatement la voix un peu geignarde du menuisier :

« Nous avons écrit à l'évêque, disait-elle, le mettant en demeure, sous huitaine, soit de venir régler le problème au village, soit de nous fixer un rendez-vous à l'évêché pour qu'on débrouille la situation.

— Oh ! Oh ! Un ultimatum à l'évêque, se mit à rire l'abbé Georges. Tel que je le connais, ça m'étonnerait beaucoup qu'il vous ait répondu !

— Eh bien si, dit à son tour la sœur du boucher. Une réponse, oui, par retour du courrier, à la main, et sur en-tête de l'évêché. Une réponse édifiante. Si vous voulez la lire vous-même, mon père, la voici. »

Elle sortit l'enveloppe de son sempiternel cabas, et l'abbé Georges prit son temps pour mettre ses lunettes, comme pour faire durer le plaisir, se raclant la gorge comme aux prémices d'une chose savoureuse.

« De toute ma vie, je n'ai jamais cédé à aucun chantage, lut l'abbé Georges. Ce n'est pas à quatre-vingt-trois ans que je vais commencer !

— Vous parlez d'une réponse, susurra le menuisier, moi je dirais qu'il est tout simplement gâteux !

— Et dites-moi un peu, mon père, se risqua l'horrible Inda, est-ce vrai ce qu'on raconte sur notre petit curé ?

— Et qu'est-ce qu'on raconte donc ? demanda l'abbé Georges. J'aimerais bien moi aussi être au courant.

— Eh bien qu'on l'aurait collé là pour le punir de quelque chose, mais de quoi ? »

Depuis tout à l'heure, l'abbé Billot, collé à la persienne, ne perdait pas un mot de la conversation, un petit sourire sur les lèvres. Il n'attendit pas la réponse ou la non-réponse de l'abbé Georges, il rejoignit sa voiture et reprit le chemin de Bareul. Au petit sourire aiguisé succédait une grimace de dégoût.

Le peintre et le maçon ne sortaient plus ensemble, c'était flagrant. Ils avaient abandonné leurs tours de la place, et, lorsqu'ils s'y croisaient par hasard, ils s'ignoraient. Le maçon s'était épris d'un jeunot. On racontait qu'il l'attirait dans son repaire avec de la marijuana. Comme pour se venger, le peintre réapparut avec une perruque, alors qu'il n'avait pas perdu ses cheveux, une énorme brioche noire qui partait en l'air comme la tour de Babel. Le peintre, qui savait que toutes ces histoires de cheveux captivaient la femme du maire, se rendit dans le magasin d'Hélène, baissa la nuque devant elle, et lui dit :

« Tire ! Tire tant que tu peux ! Tu n'arriveras pas à la faire bouger d'un poil. C'est un tout nouveau modèle. Je l'ai achetée à Paris », ajouta-t-il d'un air distingué.

Quand les garçons du village, en le croisant, le traitaient de tantouse, il pointait vers eux un doigt menaçant :

« Méfiez-vous de moi, leur disait-il. Je suis encore bien plus méchant que vous ! »

L'abbé Billot dérangea dans sa sieste l'abbé Georges, qui lui dit au téléphone de venir sur-le-champ. Il avait décidé de passer un savon au petit curé audacieux, alors qu'il n'en avait pas du tout envie. Il l'accueillit avec ces mots :

« Vous êtes complètement marteau, mon pauvre. Qu'est-ce qui vous a pris ? Racaille ? C'est comme un tremblement de terre dans ce petit village ! On ne vous demande rien que vous tenir à votre place et vous faire oublier. Et vous ne trouvez rien de mieux qu'injurier vos fidèles. Vous auriez pu au moins me consulter avant de commettre vos forfaits. Et puis, pourquoi refuser les excuses ? Ça réglerait tout en un tournemain, et qu'est-ce que ça vous coûterait ? Vous êtes bien fier, mon ami. »

Le professeur de gymnastique, une blonde vivace et bien en chair, qui disait toujours que son mari était l'homme le plus ennuyeux du monde mais qu'il était trop tard pour en changer, était aussi responsable des activités culturelles du village. Racine était mortellement rasoir, et les jeunes jouaient comme des pieds. Les tableaux vivants, c'était plus amusant, mais toujours un peu pareil. Les chansons à la guitare n'attiraient plus personne. Le professeur de gymnastique, qui manquait d'idées, passa chez Iris et Romélie au cas où elles en auraient. Il restait un petit budget disponible jusqu'à la fin de l'été, ce serait idiot de le laisser perdre.

« Ce qu'il faudrait, dit Romélie, c'est quelque chose qui attire du monde, et tout le monde, pas seulement les jeunes ou les vieux, les garçons ou les filles. Un événement, quoi, dont on parlerait longtemps à l'avance, avec excitation.

— Quelque chose d'un peu audacieux, ajouta Iris, il faut vivre avec son temps. »

On aurait dit que les deux marchandes de couleurs avaient attendu la visite du professeur de gymnastique, et qu'elles avaient déjà leur idée derrière la tête.

« Et si on faisait un défilé de mode ? avança Romélie.

— Je trouve que c'est une bonne idée, dit Iris, mais les garçons bouderont un défilé de mode féminine, ça ne les intéresse pas.

— Nous pourrions prêter notre lingerie en soie et en satin, lança Romélie. Ça, croyez-moi, ça intéresse les garçons !

— Mais, mes pauvres petites, vous allez leur faire prendre froid ! » dit le professeur de gymnastique.

Iris, qui avait l'air de s'abîmer dans une concentration intense, alors que la scène faisait partie de leurs rêveries quotidiennes, eut soudain une idée formidable :

« Ce qu'il faudrait, dit-elle, c'est aller trouver le fourreur de Lille, et lui demander s'il accepterait pour un soir de nous prêter ses fourrures. Comme ça les filles n'auraient pas froid, et ce serait du plus ravissant effet pour dévoiler la lingerie.

— Mais où pourrait-on faire ça ? demanda le professeur de gymnastique.

— Ça je m'en charge, dit Romélie, je mets ma main au feu que l'abbé Billot ne me refusera jamais ça. Nous sommes dans les meilleurs termes depuis que j'ai bien marqué mon opposition à la bande des quatre. Nous avons même changé de boucher à cause d'Inda, et nous ne mettons plus jamais les pieds au café, même pas pour un petit express !

— Moi, je m'occupe de la musique, dit le professeur de gymnastique. Il faut quelque chose de rythmé, qui ait du peps. Je crois que le rap en a. »

C'était toute la perversité d'un village qui se drapait dans une fausse innocence. Le curé avait donné son autorisation pour qu'on utilise le terre-plein de l'église, et le défilé eut lieu. Ce fut un beau chahut, les garçons hurlaient, sifflaient, lançaient aux filles des cochonneries codées. Il faut reconnaître que le spectacle était assez hallucinant : un petit projecteur éclairait la façade de l'église, dont le portail vert était grand ouvert pour laisser sortir les filles une à une, qui apparaissaient pieds nus, enveloppées dans de trop grands manteaux de fourrure qu'elles entrouvraient quelques secondes avant de faire demi-tour pour rejoindre les allées latérales de l'église qui avaient été transformées en loges. Le rap du professeur de gymnastique grésillait sur son vieux tourne-disque. Tout le village était au rendez-vous, même les vieilles femmes qui riaient en montrant des bouches qui n'avaient plus qu'une dent. On remarqua pourtant l'absence du curé.

Seul dans la semi-obscurité de son bureau, penché sur la machine, sous un rayon de lumière orange qui accentuait les bourrelets de sa nuque, l'abbé Billot écoutait pour la deuxième fois la cassette de l'abbé Sandre. Les rires de la place ne couvraient plus les sanglots de l'ex-curé, l'abbé Billot avait mis la machine au maximum, au début il n'entendait rien qu'un bourdonnement, et comme il n'y avait aucune indication écrite sur la cassette ni sur son boîtier, aucune date, aucun autre aveu que ces sanglots monotones qu'elle recelait, l'abbé Billot, qui s'apprêtait à partir au défilé, avait d'abord été terriblement intrigué. Ce n'était pas par sadisme qu'il réécoutait ces pleurs entrecoupés de hoquets de désespoir. En fait il n'avait jamais cru à l'existence de l'abbé Sandre, même pas à son existence de fantôme. Il était toujours terriblement agacé quand quelqu'un lui parlait de l'abbé Sandre, généralement comme d'un mythe. Sous prétexte qu'il était mort jeune, à l'âge précis qu'il avait lui aujourd'hui, le village avait voulu en faire un saint. Un saint dont on avait trouvé après la mort les dizaines de cassettes porno que son enfant de chœur en chef, le grand dadais culturiste fils du menuisier, qui aimait bien les regarder en se caressant les pectoraux et les triceps qu'il s'était faits en salle de gym, n'avait pas eu le temps de faire disparaître, d'autant plus que l'abbé Sandre les cachait dans les endroits les plus incongrus, toujours dans les hauteurs du presbytère afin que sa mère, ce minuscule bout de femme ratatinée, noiraude et curieuse, ne pût mettre la main dessus, à moins de monter sur un escabeau, et là elle risquait de se casser la jambe, ou mieux le col du fémur, ça nécessiterait l'hospitalisation, et il en aurait bien pour une semaine de tranquillité. L'enfant de chœur culturiste, Maxime, sommé par les curés du district de leur donner des explications, n'était peut-être pas si niais que ça, car il eut tout de suite la présence d'esprit, pour sauvegarder la mémoire de l'abbé Sandre, de leur répondre que c'étaient des bandes que le prêtre avait confisquées à des ouailles dévergondées. Les curés se rassemblèrent alors pour brûler les cassettes dans une cheminée, ce qui faillit mettre le feu au presbytère et à l'église de l'abbé Georges, et l'on n'en parla plus.

Un saint ! se répétait l'abbé Billot. Un saint collectionneur de matelas ! Il ne pouvait se détacher de la machine, où il avait maintenant collé son oreille. Il était fasciné par cette voix, qui était si réelle, qui aurait presque pu être la sienne, la voix d'un homme torturé, qui n'en avait plus pour longtemps à vivre, et qui ne le savait peut-être pas. L'abbé Billot aussi avait souffert, et il s'était juré de laisser la souffrance aux autres, ce qui éclairait maints traits de son caractère, cette distance figée un peu antipathique, mais cette fois il eut envie d'associer ses larmes à celles de son prédécesseur, et il ressentit une compassion immense pour cet homme si proche, pour ce frère, pensa-t-il. La tête lui tournait. Sa gouvernante le trouva au matin, tout habillé, penché sur la machine qui s'était arrêtée depuis longtemps.

La bande des quatre aussi avait boudé le défilé parce qu'ils évitaient les abords de l'église, allant le dimanche à la messe de Beufel ; et ils crurent bien faire en appelant l'abbé Billot « l'entrepreneur de strip-tease ». Cela n'accrut pas leur cote de popularité, car tout le village avait trouvé la manifestation absolument sensationnelle, en félicitait le curé, et espérait bien qu'une telle féerie de chair fraîche pourrait se reproduire l'année prochaine.

La première lettre anonyme arriva chez la doctoresse. Elle avait été postée à Lille. Selon la coutume, avec des lettres découpées dans des magazines. Elle disait : « Le curé couche avec la femme du maire. » La doctoresse s'empressa de l'apporter à Hélène, qui eut une crise de fou rire.

Le vieil évêque convoqua l'abbé Georges. C'était son tour de se faire enguirlander.

« Qu'est-ce que c'est que ce tintouin ? cria le vieil évêque en colère sans même saluer l'abbé Georges. Vous n'êtes même pas fichu de mettre au pas vos subalternes ! Et moi je reçois lettre sur lettre, coup de fil sur coup de fil, à mon âge ça me fatigue énormément, heureusement que j'ai mon majordome pour faire barrage. Dites-moi un peu, Georges, vous n'avez pas la paix dans votre ministère ?

— Si, Monseigneur.

— Alors, on se décarcasse pour vous trouver un coin peinard, où personne ne va plus à l'église. On passe l'éponge sur tout. Et vous pouvez boire et manger tout votre soûl, vous pouvez même ronfler toute la journée si ça vous chante, car je connais votre péché mignon, et pour cause : c'est le même que le mien, je ne devrais pas vous l'avouer. Vous n'avez qu'une chose à faire : faire entendre raison à ce cheval fou, je dirais plutôt à ce poney de Billot, et il vous résiste. J'ai l'air de quoi, moi, maintenant ? C'est moi qui avais demandé à ceux que tout le monde appelle la bande des quatre de mettre un œil dans les comptes de ce fantasque Sandre, et maintenant on me force à les désavouer ! On ne peut pas changer de curé comme de chemise. Vous savez que nous n'en avons plus, des postulants. Il faut prendre ceux que nous avons sous la main, même s'ils sont un peu tordus, on finit par les redresser. Billot est assez brillant, certes, et très ambitieux, mais de là à traiter les gens de racaille. Il ferait bien de se regarder lui ! Ce crétin est en train de faire capoter mon plan, qui fonctionnait, et ma foi plutôt bien, depuis plus de quinze ans !

— Quel plan ? balbutia l'abbé Georges, sidéré par la violence du vieil évêque, qui était toujours flegmatique.

— Vous n'avez donc pas de mémoire, mon cher Georges ? On ne va pas encore remuer toute cette boue, vous avez raison, en définitive : il faut oublier. Mais pourquoi, croyez-vous, vous ai-je laissé dix ans dans le village le plus terne, le plus arriéré, le plus mortel de toute la région ? Eh bien, ça a marché. Les habitants se sont habitués à vos tics. Comme je l'avais prévu, petit à petit, est entrée dans les mentalités l'idée qu'un curé était par essence quelqu'un d'étrange. À partir de là, je pouvais leur caser n'importe quel olibrius pervers, ce Sandre avec son syndrome du dortoir, ou celui qui a disparu dans la nature, je ne sais plus son nom, le drogué, tout ça semblait normal. Quand j'ai été confronté au cas Billot, j'ai tout de suite pensé : Bareul. Vous m'excuserez, mon cher Georges, auprès de vos confrères : je ne viendrai pas à notre prochain déjeuner mensuel, je me sens trop fatigué. Je vais vous raccompagner. »

Iris et Romélie reçurent la seconde lettre anonyme, rédigée comme la première, postée également à Lille. Il y était écrit : « Sales gousses. » Iris en fit une jaunisse. Elle voulut fermer le magasin vingt-quatre heures en signe de protestation, et pour pouvoir pleurer tranquille, sans craindre pour son rimmel.

« Ce que tu peux être bête, lui dit Romélie en déchirant déjà l'enveloppe en mille morceaux. Personne n'en saura rien. D'ailleurs, tout le monde le sait déjà.

— Comment cela ? protesta Iris. Tu es complètement folle ! Personne n'a le moindre soupçon. Pourquoi voudrais-tu que je me salisse à danser avec ces hommes qui puent, qui m'écrasent, qui bandent comme des goujats, et qui me flanquent dans le nez leur cocktail de tabac, de pastis, de sueur et de vieux chicots ? Je me sacrifie, figure-toi, pour donner le change. Je hais les hommes depuis que je suis toute petite ! Seul un homme est capable d'avoir commis une telle goujaterie. Même l'ignoble Inda n'aurait pu faire ça, je suis sûre.

— Ma colombe, va, calme-toi », lui dit Romélie avec tendresse, et elle entremêla ses doigts dans les siens.

La Mercedes couleur caramel du chef des gendarmes de Lille fonça à travers la place, avec à ses côtés, personne n'avait pu en croire ses yeux, mais tout le monde était obligé d'en convenir, l'abbé Billot en personne. On n'aurait pu inventer de couple plus excentrique que ces deux-là. Apparemment, ils n'avaient vraiment rien à voir ensemble. On aurait dit que le chef des gendarmes, marié et père de famille, avait emprunté son costume à la garde-robe de l'Opéra de Lille, où les tournées Barret et les galas Karsenty donnaient parfois des opérettes, du genre *La fille de Madame Angot* : impeccablement repassée par son épouse, une culotte bleu marine, ceinte d'un galon rouge, bouffante aux cuisses, puis s'évasant au-dessus d'immenses bottes de cuir noir qui avaient parfois des reflets bleus tellement sa femme les astiquait avec soin avec sa propre haleine. À part ça, il était couvert d'épaulettes et d'insignes, et ne se séparait pas d'une casquette noire aussi luisante que ses bottes, au centre de laquelle s'incrustait une mystérieuse décoration. Plus aucun policier ne s'habillait de cette façon dans toute la région. Les gens qui n'étaient pas sur la place au moment où la Mercedes était passée en trombe voulaient les voir ensemble, le curé et le gendarme, pour croire à cette association. Mais justement, le soir même, quelqu'un les avait vus à Lille, à la terrasse du *Pacifique*, où Romélie et Iris avaient l'habitude de prendre leur pêche melba, sirotant côte à côte une boisson fluorescente de couleur verte. Quelles complicités pouvaient lier deux spécimens humains si dissemblables ? Et comment et où avaient-ils pu faire connaissance ? Toutes les suppositions étaient possibles, et les paris ouverts.

Une pluie de lettres anonymes s'abattit sur le village, le même texte photocopié une centaine de fois et envoyé à tout le bottin de Bareul, excepté au principal intéressé. Il y était écrit : « Le boulanger baise sa petite fille tous les matins. »

La patronne du *Pacifique*, qui prétendait avoir été une amie intime de l'abbé Sandre, mais que personne ne se souvenait avoir jamais vue avec lui, se mit à raconter qu'il lui apparaissait certains soirs dans sa chambre à coucher. Son mari ne le voyait pas, et ne l'entendait pas, alors elle lui ordonnait de se mettre à genoux, et de prier. Pendant ce temps, elle pouvait bavarder tout à loisir avec l'abbé Sandre. Celui-ci, disait-elle, se plaignait beaucoup de l'oubli du village. Il se trouvait mal enterré, et réclamait pour sa tombe l'effigie de la Vierge de Saragosse. Pourquoi Saragosse ?

Personne ne pouvait rien en savoir. Il n'était jamais allé en Espagne, mais la patronne du *Pacifique* était certaine d'avoir bien entendu : c'était Saragosse, et pas autre chose. Elle alla trouver la mère de l'abbé Sandre, puis sa sœur, pour le leur raconter. La sœur alla trouver Romélie, à cause de ses accointances et avec Sandre, et avec Billot. Romélie tâcha d'en dire deux mots au nouveau prêtre, mais il ne voulait rien entendre de ces superstitions stupides. Romélie et la sœur de l'abbé Sandre écrivirent toutes seules à l'évêque de Saragosse pour lui réclamer une effigie de sa sainte. À partir du jour où elle eut ces visions, la patronne du *Pacifique* put constater que son établissement ne désemplissait plus.

L'abbé Billot et le chef des brigadiers, le fier Hector, étaient devenus inséparables. Sitôt le dîner terminé, le policier laissait sa femme et ses enfants devant la télévision, et passait à Bareul chercher l'abbé Billot, qui l'attendait dans son presbytère désert. Ils roulaient des nuits entières sur les routes du département, sans but et sans s'arrêter, sans comprendre même où ils allaient, souvent en silence. Ils communiquaient peu par la parole, et aucune forme de tendresse ne les rapprochait. Mais chacun, désormais, pensait qu'il avait besoin de l'autre. Un besoin vital.

Lâchés par l'évêque, les membres de la bande des quatre avaient un peu rabattu leur caquet, d'autant plus que dans le village, depuis l'affaire des lettres anonymes, on les regardait avec méfiance. Chacun pensait qu'ils n'avaient trouvé d'autre moyen de se venger que ces lettres odieuses, et tremblait à l'idée de devenir leur prochaine victime. Les villageois exigeaient du maire qu'on entreprenne une enquête pour coincer les coupables. Ce n'était tout de même pas un monde de planter un policier en civil devant la poste de Lille.

Les affaires ne marchaient plus au café, plus personne n'y mettait les pieds, seuls les jeunes restaient blottis autour du juke-box, et le patron n'osait plus les houspiller ni baisser le son de la machine, où ils laissaient quand même tout leur argent de poche. En essuyant ses tables avec un petit morceau de serpillière, la comtesse maudissait la belle Sophia quand elle la voyait bondir, telle une gazelle, dans ses ballerines argentées, moulée dans des collants noirs qui laissaient tout voir, tandis que son pauvre mari, comme un esclave, trimballait des piles d'invendus. Cette étrangère avait gâché sa vie : elle lui avait volé l'homme qu'elle aimait toujours, et, elle, avait hérité d'un nullard avec une tache poilue sur la joue. Cette diablesse, comme elle l'appelait, avait obtenu tout ce qu'elle avait désiré : elle avait voulu une boutique de journaux, son pauvre mari avait dû vendre l'une après l'autre les différentes pièces du palais familial. La famille se tassait maintenant dans l'ancien salon du palais, tapissé de portraits du maréchal Pétain qui avait été l'idole du père d'André. Ce n'était même pas pour honorer sa mémoire qu'il conservait ces portraits qui partaient en lambeaux, mais simplement par négligence, par flemme de monter sur une chaise pour les décrocher. Sophia ne savait pas qui était le maréchal Pétain, elle pensait que c'était un des grands héros de la France. Elle avait eu son magasin de journaux, pensait la comtesse en continuant de faire semblant de nettoyer ses tables pour observer ce qui se passait sur la place, mais ça ne lui avait pas suffi. C'était une dévoreuse. D'abord, elle avait fait les jouets, puis s'était lancée dans les parfums. En réalité, ce n'était pas un succès car peu de gens à Bareul disposaient de deux cents francs pour s'acheter une eau de toilette, alors qu'on discutait le prix du jambon à l'épicerie. Mais Sophia était fière d'être la seule commerçante bilingue du village, elle avait accroché au-dessus de sa caisse un panonceau où elle avait écrit, en belles lettres appliquées : « Qui parliamo anche l'italiano. »

Il y avait bizarrement une petite communauté d'Italiens à Bareul. Giorgio et Veronica avaient sans doute été les premiers. Un été, ils avaient décidé de faire un périple dans cette région de la France qui était si décriée et, contrairement au vieil évêque, ils avaient trouvé la campagne ravissante, le village typique et calme, et ils avaient décidé de s'y installer. Cela faisait plusieurs années qu'ils parlaient de changer complètement de vie. Giorgio était ingénieur à Milan, mais il avait une maladie rare, catastrophique pour son métier : les paumes de ses mains se rétractaient, et ses articulations devenaient comme de la pierre. Il fallait chaque année qu'il se fasse inciser les doigts pour pouvoir les bouger à nouveau. Veronica s'ennuyait dans une agence de publicité. D'abord ils avaient acheté un studio dans le village, puis ils avaient cherché un lopin de terre dans la vallée, pour y vivre l'été, et cultiver des tomates, des figues, et faire leur vin. Ils avaient recueilli une petite chienne craintive, qui avait dû être battue, et qui aboyait dès que quelqu'un approchait de la maison. Ils étaient les plus proches voisins du Chinois, et de sa Villa Napoléon. Le Chinois, qui conduisait comme un fou sur cette route étroite toute en virages, manquait régulièrement de faire tomber Giorgio ou Veronica de leur Mobylette.

C'était le jour du déjeuner mensuel des curés du district, pour lequel le vieil évêque s'était désisté, et pour l'abbé Billot, que ça se passe chez lui ou chez un autre, car il y avait des tours, c'était toujours une corvée. Les prêtres préféraient se rendre chez l'abbé Georges, au moins il avait une bonne cuisinière. L'abbé de Beufel, chez qui le déjeuner devait avoir lieu cette fois, en avait une exécrable. De plus il n'avait pas très bonne presse parmi les autres curés. Il avait fait restaurer une des toiles les plus anciennes et les plus précieuses de sa paroisse, qui représentait les épousailles mystiques de sainte Catherine passant une alliance à un enfant nu, puis il l'avait posée sur une commode en face de son lit, sous prétexte qu'elle était trop rare pour rester dans l'église, où il serait plus facile de la dérober. Le déjeuner débuta par un silence glacial, que personne ne voulait rompre, comme pour que dure plus longtemps encore le malaise. Soudain, l'abbé Georges pouffa dans son assiette :

« Nous sommes des animaux préhistoriques, dit-il, des ptérodactyles, bientôt nous serons empaillés dans des musées. Regardez, déjà nos soutanes sont devenues des pièces de musée. Plus moyen de se procurer une soutane aujourd'hui, on n'en fabrique plus. Et puis les robes de nos enfants de chœur, ces chasubles d'un si beau rouge et qui dépassaient du lin blanc, eh bien tout cela est fini ! »

L'abbé Billot ne voulait pas participer à cette conversation, un piège ne l'aurait pas étonné.

« Le métier de curé, complètement obsolète, poursuivait l'abbé Georges, déchaîné comme jamais, sans doute parce que l'évêque avait séché la corvée, représente un sacrifice humain complètement monstrueux ! Cette solitude, cette pauvreté, ces privations, ces interdits, et toutes ces obligations sans rien en échange ! Dans quelques siècles, sinon dans quelques décennies, on parlera des prêtres comme on parle aujourd'hui des bagnards de la Guyane, qui devaient briser des rocs. Un monde inhumain ! »

Les curés, plantés autour de la table, étaient figés de stupeur, mais aucun ne prit sur lui de contredire l'abbé Georges, qui pleurait presque.

Le bel André, le marchand de journaux, eut du mal à encaisser la lettre anonyme qu'il venait de recevoir, d'autant plus qu'un double avait été envoyé à tous ses voisins. Il y était écrit : « Sophia suce bien qui le veut. »

Sans prévenir personne, sauf peut-être le chef des gendarmes afin d'asseoir définitivement son pouvoir dans le village et de clouer le bec à la bande des quatre, l'abbé Billot organisa un coup d'éclat dont on se souviendra longtemps. Il invita un archevêque, qui avait été son maître au séminaire et avait toujours pensé quant à lui que Billot était un bon garçon, à venir à Bareul dire une messe suivie d'une procession. Depuis que le vieil évêque ne mettait plus les pieds au village, ses habitants se sentaient un peu privés de la pompe qui l'accompagnait. Un archevêque, c'était encore bien mieux qu'un évêque. Un beau matin, on vit, encore humides sur tous les murs du village, des affiches annonçant l'arrivée de Son Excellence, la messe solennelle où il donnerait sa bénédiction, et la procession qui suivrait. À cette occasion, on demandait aux habitants du village de tendre à leurs fenêtres, selon la coutume, leurs plus belles étoffes. Ce fut un succès analogue à celui du défilé de lingerie féminine, comme quoi, contrairement à ce que disait l'abbé Georges, les ecclésiastiques avaient encore le vent en poupe.

Requis par l'abbé Billot, Hector, le chef des gendarmes, assurerait volontiers la protection personnelle de l'archevêque, et mettrait à sa disposition la Mercedes caramel, depuis la gare, où l'on supposait qu'il arriverait de Paris, jusqu'à son départ le soir.

Dès neuf heures du matin, le bruit fila à travers le village comme une fusée dégoupillée : il est arrivé ! Oui, et bien arrivé. Mais c'est un Noir. Quelle déception ! Après tout, pourquoi un archevêque ne pourrait-il pas être noir ? Une fois le moment de stupéfaction passé, on s'exerça à s'habituer à cette idée, à la trouver normale.

Une foule massive se pressait devant l'église. L'abbé Billot se dandinait devant le portail, un haut-parleur à la main, en hurlant dedans :

« Pas de panique ! Surtout pas de panique ! De la discipline, et tout le monde pourra entrer ! »

Il n'y avait aucune panique nulle part, elle était dans son imagination. L'archevêque était un tout petit homme, craintif et silencieux, qui n'était pas noir, mais plutôt café au lait, peut-être un Malgache. En réalité il était indien, de Bombay, et avait fait son séminaire à Londres. Une fois la messe achevée, au moment de la bénédiction, on vit la comtesse échevelée fendre la foule comme une femme possédée, les cheveux dénoués comme d'habitude mais dans une robe couleur sang qu'on ne lui avait jamais vue, bousculer les gens pour aller se prosterner devant l'archevêque effrayé, lui agripper la main, et baiser goulûment l'améthyste énorme qu'il portait. En fait, par l'intermédiaire de cet archevêque, la comtesse réclamait à Dieu une maladie mortelle pour Sophia, suffisamment longue pour qu'elle connaisse de grandes souffrances, et pour lui laisser le temps, à elle, dc préparer son remariage avec le bel André, éventuellement même de zigouiller l'homme à la tache poilue.

Le lendemain, l'abbé Billot ne sortit pas de son presbytère. Il voulait savourer en paix sa victoire, que tout le village devait être en train de commenter.

Aucun mot n'avait même été chuchoté au sujet des lettres anonymes. Le vieil évêque bouda la manifestation, vexé de ce qu'un village où il pensait faire la pluie et le beau temps célèbre ainsi un de ses cadets. Les membres de la bande des quatre restèrent terrés chez eux, rongés par la curiosité et le regret.

Les affaires étant donc florissantes, Fabien, le petit jeune dont s'était amouraché le maçon, le frère du Chinois, fut embauché comme barman au *Pacifique*. Il était joli garçon, il ramasserait de gros pourboires. On ne le voyait plus au village, sinon après son service, vers une heure du matin, foncer en moto pour rentrer chez lui, fixant droit la route pour ne pas tomber sur le maçon, qui effectivement attendait tous les soirs son retour, assis sur le petit muret où les vieux se chauffaient au soleil en été. Mais il ne pouvait plus que l'apercevoir, le maçon criait, Fabien ne s'arrêtait pas. Il n'avait plus besoin du maçon. Il trouvait tout ce qu'il voulait à Lille.

Le maçon cloua sur la porte de sa maison un écriteau qui annonçait : « Fermé pour cause de deuil. » Tôt le matin, avant de rejoindre son chantier, il se rendait au cimetière, et, à l'écart des autres tombes, sur un petit monument indescriptible qu'il avait modelé avec ses mains dans la terre fraîche et humide dont il avait délogé les asticots, il plantait une nouvelle branche d'aubépine.

Le fossoyeur l'aborda. Il avait une main en bois, plutôt un moignon dans lequel un couteau avait gravé les rainures des doigts, autrefois cachée par un gant de cuir qui s'était lentement déchiqueté, et qu'il n'avait pas remplacé. On racontait dans le village que c'était son père qui lui avait fait sauter la main à la dynamite quand il avait huit ans, pour toucher à vie les primes d'indemnité des victimes de la guerre. Officiellement, en jouant dans un champ, il avait tapé avec un bâton sur une grenade qui avait oublié d'exploser lors de la Dernière Guerre.

« Qu'est-ce que tu fabriques ? demanda le fossoyeur au maçon.

— Tu le vois toi-même : je fleuris une tombe.

— Mais qu'est-ce que c'est que cette histoire de deuil ? En passant devant chez toi, j'ai vu ta pancarte. Tu n'es pas mort, que je sache, et personne n'est mort autour de toi, alors qu'est-ce qui t'arrive ?

— C'est l'amour qui est mort, répliqua le maçon. Mon fiancé ne vient plus me voir.

— Sacré pédé, va, dit le fossoyeur avec tendresse, tu seras toujours le même ! »

La sœur de l'abbé Sandre reçut enfin un rouleau de carton expédié de Saragosse : le poster de la sainte, qu'elle fit encadrer avec moult dorures, puis qu'elle alla porter au cimetière, dans la petite chapelle où était son frère, accompagnée par sa mère, par Romélie qui, téméraire, s'était encore fait envoyer bouler par l'abbé Billot, et par la patronne du *Pacifique*, à l'origine de cette initiative. À partir du jour où l'on avait exaucé le vœu de l'abbé Sandre, racontait-elle à ses clients, il ne lui était plus jamais apparu.

Les petits enfants du village, après avoir délibéré pendant des mois et même voté, se regroupèrent en une délégation de dix, les têtes pensantes du cours élémentaire, pour exposer leur requête au professeur de gymnastique, qui était leur dame catéchiste.

« Nous ne voulons pas de ce curé, embrayèrent-ils tout de go.

— Mais de quel curé parlez-vous ? demanda le professeur de gymnastique, tout à fait éberluée.

— De l'abbé Billot, bien sûr, répondirent les enfants. Nous avons été patients, nous avons tenu bon, mais maintenant c'est décidé : nous n'en voulons plus. Ce sera nous, ou lui. S'il reste, nous n'irons plus à la messe, et, ce n'est pas du tout contre vous, croyez-le bien, nous ne viendrons plus à vos leçons.

— Mais qu'est-ce qui vous prend ? bégaya affolée la dame catéchiste. Il est très bien, l'abbé Billot.

— L'abbé Sandre était franc, dit timidement une petite tête blonde.

— L'abbé Billot est un menteur, ajouta un plus grand.

— Mais vous avez des exemples à donner ? demanda la dame catéchiste.

— Pas besoin d'exemples, rétorqua un des enfants. Une certitude : la fourberie.

— Mais a-t-il essayé d'avoir des attouchements avec vous ? dit alors la dame catéchiste pour comprendre.

— Vous voulez rire, dit l'un des garçons. Qu'est-ce que vous entendez par attouchements ?

— Je ne sais pas, moi, balbutia le professeur de gymnastique, je ne connais pas trop ces choses-là. Vous caresser le ventre, vous faire des bisous dans le cou, ou alors, pire, tirer sur votre zizi...

— Bien trop lâche pour ça ! dit un garçon les bras croisés, avec superbe.

— De l'abbé Sandre, nous aurions accepté n'importe quoi, poursuivit la petite tête blonde. Malheureusement, il n'avait pas l'air trop intéressé par nous. Je crois qu'il préférait les gens plus âgés.

— Écoutez, dit le professeur de gymnastique complètement dépassée par ce qu'elle entendait, je vais parler de tout ça avec vos parents. Comme ça ce sera à eux, ni à vous ni à moi, de prendre leur décision. »

Sophia passa dans les foyers du village, quêter pour Paulette, la prostituée du village, qui croupissait depuis plusieurs semaines dans une salle commune de l'hôpital de Lille, à qui l'on avait déjà retiré les trois quarts de ses outils de travail, et qui n'avait même pas, disait Sophia, de quoi s'acheter une chemise de nuit. Elle quêtait pour la chemise de nuit. Elle eut le culot, l'air de rien, d'aller taper la comtesse, qui lui tendit royalement un billet de cinq cents francs. Elle avait déjà fait le coup à l'église, en jetant négligemment dans une corbeille posée devant l'autel, tandis qu'elle s'abreuvait de l'améthyste de l'archevêque, un billet plié en si petits morceaux, avec une telle discrétion, que ce ne pouvait en être qu'un énorme.

« Tenez, comtesse ! » dit la comtesse à Sophia, car c'était par sarcasme qu'on l'appelait la comtesse, s'il y avait une comtesse dans le village c'était effectivement Sophia, mais elle se fichait de ces choses-là. Sophia rendit son argent à la comtesse :

« C'est dix fois trop pour une chemise de nuit, même pour une chemise de nuit en or, d'autant plus que grâce à Iris et Romélie nous avons eu le prix de gros. Les gens donnent vingt francs, cinquante francs. Vous seriez très généreuse, ma chère voisine, si vous donniez cinquante francs, peut-être qu'on pourra aussi lui acheter un châle. »

Paulette était très aimée dans le village. Elle avait soulagé tellement de vieux dans sa bicoque éclairée par une lanterne qu'elle laissait allumée toutes les nuits. Quand il y avait une garnison de soldats qui passait à Lille, on la voyait descendre d'un pas tranquille, son cabas de plastique rose à la main, suivie à une dizaine de mètres par son grand veau de nièce, vers l'arrêt de bus. Pas trop déguisée, une robe simple, et un peu de rose fuchsia sur les lèvres. On racontait que Paulette vendait sa nièce, qui était simple d'esprit, et quasiment géante, pour quelques francs.

Depuis qu'elle était à l'hôpital, Paulette s'était mise à la poésie. Elle écrivait des poèmes ravissants.

L'abbé Billot était fourbu. Il avait dit trois messes dans la journée, une le matin dans sa paroisse, une deuxième à Beufel pour remplacer son curé qui prenait des vacances, une autre le soir à la campagne, dans la villa des derniers nobles. Il avait roulé toute la nuit avec Hector, et pour la première fois ils s'étaient disputés, pour une bêtise, arguant chacun d'une provenance différente de ces lettres anonymes qui continuaient de persécuter tout Bareul, de plus en plus diffamatoires et violentes. L'abbé Billot aurait mis sa main au feu que c'était le Chinois qui en était l'auteur. Mais le chef des gendarmes lui expliquait que le Chinois ne savait pas écrire, et qu'il n'y avait jamais de fautes d'orthographe dans ces lettres, sauf de si énormes qu'on les avait visiblement faites à dessein.

Hector venait de raccompagner l'abbé Billot dans la cour du presbytère. Ils s'étaient quittés sans se dire au revoir, sans même se donner l'accolade familière. Hector était son seul ami, quel gâchis ! L'aube pointait déjà. En titubant, l'abbé Billot s'essuya interminablement les pieds sur le paillasson, puis s'accrocha à la rampe pour monter l'escalier qui conduisait à sa chambre, il se concentrait pour ne pas tomber en arrière.

Il ouvrit la porte de sa chambre, alluma la lumière, et se retourna : l'abbé Sandre était dans son dos.

« Qu'est-ce que vous faites là ? demanda l'abbé Billot en colère.

— Tu ne me reconnais pas ? Tu n'as jamais vu de photos ?

— Sandre ?

— Tu as très mauvaise mine. Tu fais peur. Jaune cireux, on dirait un fantôme. Tu as dû faire des bêtises ce soir.

— Je vous ai tout de suite identifié : à votre voix. J'ai écouté la cassette.

— Ah oui ! la cassette ! Je l'avais oubliée... Alors il paraît que tu as réussi à terrasser la bande des quatre, tu es plus malin que moi. Ils me faisaient chanter, les escrocs. À moins d'un scandale public, j'étais ligoté.

— Je ne dirai à personne que je vous ai vu. De toute façon, ça n'intéresserait personne. Le village vous a complètement oublié. Depuis que je suis là, je n'ai dû entendre votre nom que deux ou trois fois. Les gens sont ingrats. C'est le curé du village, qu'il s'appelle X ou Y, qu'ils idolâtrent. Hier c'était vous, aujourd'hui c'est moi, et Dieu sait que ça me pèse ! »

D'épuisement sans doute, l'abbé Billot ferma les paupières un très court instant. Quand il rouvrit les yeux, il n'y avait plus personne dans la chambre.

« Ah crotte ! s'exclama-t-il tout haut, la seule question qui m'intéressait, celle des matelas, j'ai oublié de la lui poser. Bah ! J'aurai toujours l'occasion de le lui demander la prochaine fois. »

L'abbé Billot n'osait plus se mettre nu dans la chambre pour enfiler son vêtement de nuit. Peut-être l'abbé Sandre était-il encore là, à l'épier. Mais il fallait se débarrasser de cette idée, c'était la porte ouverte à la folie. De toute façon, il n'avait que deux ou trois heures de repos devant lui, puisqu'il devrait se lever à six heures, comme tous les matins. Il se coucha tout habillé.

C'était un samedi soir comme les autres, en apparence du moins. On refréquentait le café, le temps aplanissait tout, la terrasse était bondée, et la comtesse virevoltait entre les tables avec son carnet de commandes et ses cocktails. Le Chinois était attablé avec Giorgio, ils en étaient à leur quatrième bière, ils parlaient politique, et le ton montait parfois entre eux. Étrange association aussi que ces deux-là. Ça faisait maintenant plusieurs mois qu'on les voyait ensemble.

Veronica avait dit à Giorgio qu'elle ne se sentait pas très bien, et qu'elle préférait ne pas ressortir. Non, elle n'aurait pas peur, toute seule dans cette campagne obscure et déserte. D'ailleurs elle avait la voiture si elle avait besoin de déguerpir. Giorgio prit sa Mobylette pour aller au village, où il tomba sur le Chinois, comme il l'avait espéré. Quand il revint chez lui, il avait beau être raide comme un coing, il se rendit tout de suite compte que la voiture avait disparu, Veronica aussi. Il pensa qu'elle était allée se promener sur un coup de tête, comme cela lui arrivait parfois, et qu'elle allait revenir. Il l'attendit toute la nuit. Au matin, il alla prévenir la police que Veronica avait disparu.

La brigade d'intervention spéciale, menée par Hector, qui ne lâchait pas la carte d'état-major de la région, et avait réparti ses hommes en liaison radio un peu partout, ne tarda pas à retrouver la voiture de Veronica, sur une grève non loin de la plage de Berque. Elle était perchée sur un monticule, et apparemment on avait tenté de la faire dévaler en direction de la mer, mais le sable l'avait freinée. Veronica était à l'avant de sa voiture, inanimée, couverte de bleus et d'ecchymoses, le front ouvert, du sang dans les cheveux et sur les mains, à ses pieds des bouteilles de whisky vides et des tubes de somnifères, du Rohypnol, du Gardénal, du Mogadon. On la transporta en ambulance aux soins intensifs du service de réanimation de l'hôpital de Lille, où on réussit à la sortir de son coma.

Il est probable que si elle y avait laissé sa peau le Chinois aurait été inquiété, parce qu'on avait retrouvé dans le sable, dispersés par le vent, des dizaines de morceaux d'un Photomaton couleurs qui, réassemblés, firent apparaître le Chinois. Une chose aussi était étrange, qui faisait davantage penser à une tentative de meurtre maquillée en suicide, c'est qu'on ne retrouva aucune trace de sang dans la voiture alors que Veronica en était couverte. On l'aurait frappée à mort sur la plage, puis remise dans sa voiture ?

Veronica avait un trou noir dans la tête. Elle se souvenait d'une impression de froid, suivie d'une grande vague de chaleur. Mais elle était sûre et certaine de n'avoir jamais eu sur elle aucune photo du Chinois, et pour cause.

Elle le haïssait. Elle était devenue sa maîtresse par lassitude, devant ses insistances, elle n'avait plus envie de lui depuis des mois, ça le rendait fou, il la menaçait, si elle arrêtait, de mettre son mari au courant. Elle n'en pouvait plus, elle était à bout de forces, de dissimuler et de trembler de peur, elle voulut mourir.

La vie continuait au village, comme toujours. L'automne allait revenir, tout serait plus triste, on attendrait déjà le retour des beaux jours pour pouvoir refaire des siennes. On était plus audacieux l'été. L'hiver on se calfeutrait. Des lettres anonymes arrivaient toujours, mais elles étaient interceptées dès la poste, ainsi en avait décidé le maire pour décourager leur auteur ; un employé communal passait les prendre, et les brûlait. Des gens se plaignaient qu'on devait brûler les lettres de leur grand-tante. Romélie n'avait plus besoin de sa béquille et on lui avait retiré son attirail barbare, elle boitait très légèrement. Lors du dernier bal de la saison, elle invita Iris à danser avec elle, c'était la première fois en vingt ans d'union, malgré sa timidité Iris accepta. Le jeune Fabien, dont était épris le maçon, revint de temps en temps lui faire un gros câlin. Le maçon était aux anges, il avait retiré la pancarte de sa porte et n'allait plus au cimetière. Sophia bondissait toujours comme une souris à travers la place pour déposer son argent à la banque. Paulette était sortie de l'hôpital, mystérieusement sauve, et elle faisait des lectures de ses poèmes à la terrasse du café, elle disait toujours en riant qu'elle aurait un jour son monument de grande poétesse dans le jardin public. On parlait maintenant de construire dans la vallée un complexe industriel, avec une cheminée qui cracherait une fumée grise nuit et jour. Tout le village était pour : ça donnerait des emplois aux enfants. On chuchotait avec gêne que le Chinois et Veronica s'étaient remis à la colle. L'abbé Billot ne sortait plus avec le chef des gendarmes. Il restait enfermé toute la journée dans son presbytère, et avait encore l'espoir de devenir évêque.

Comme tous les samedis matin, le vieil évêque de Lille faisait sa petite promenade. Il s'était levé très tôt, son majordome lui avait servi son petit déjeuner, l'avait lavé puis habillé. Le vieil évêque refusait toujours que son majordome, qui chaque fois le lui reproposait, craignant qu'il ne tombe ou ne se fasse renverser par une voiture, l'accompagne. Le vieil évêque était d'une humeur guillerette ce matin-là. Un sac de plastique à la main, de marque Schostal, qui était la boutique où il achetait ses bas mi-longs d'hiver en laine Mérinos, il trottinait gaiement le long des grilles du jardin botanique, heureux de ne pas avoir besoin de canne pour marcher. Il traversa la place Graslin sans oublier de bien respecter les feux comme son majordome le lui criait toujours de loin dans la rue lorsqu'il partait, et passa devant l'Opéra comique avant d'entrer chez Pons, son pâtissier préféré, où chaque semaine il tenait à acheter lui-même ses deux cent cinquante grammes de petits macarons fourrés à la framboise, si moelleux. C'était son rituel préféré depuis quarante ans, il ne s'en était jamais lassé. Il se dirigeait vers la poste centrale, la dépassa, au bout de dix mètres il se retourna pour voir s'il était suivi, regarda à droite, à gauche, puis revint sur ses pas et prit place devant les boîtes aux lettres. Soudain il s'affaissa à terre, raide mort. Il avait lâché le sac d'où s'échappèrent les dizaines de lettres qu'il avait passé sa nuit à confectionner, parfois avec honte, parfois avec amusement, tout simplement parce qu'il n'arrivait pas à dormir. Les lettres allèrent dans le caniveau. Un balayeur avait ouvert en grand le débit d'eau. Les lettres flottèrent puis furent aspirées dans les égouts. Personne n'aurait pu se douter que tout ça se terminerait à cause d'un cerveau soudain inondé de sang.

DU MÊME AUTEUR

Aux Éditions Gallimard

DES AVEUGLES (Folio n° 1725)

MES PARENTS (Folio n° 2582)

VOUS M'AVEZ FAIT FORMER DES FANTÔMES

MAUVE LE VIERGE

L'INCOGNITO

À L'AMI QUI NE M'A PAS SAUVÉ LA VIE (Folio n° 2366)

LE PROTOCOLE COMPASSIONNEL (Folio n° 2481)

L'HOMME AU CHAPEAU ROUGE (Folio n° 2647)

LE PARADIS (Folio n° 2809)

VOLE MON DRAGON, *théâtre* (« Le Manteau d'Arlequin - Théâtre français et du monde entier »)

LA PIQÛRE D'AMOUR et autres textes *suivi de* LA CHAIR FRAÎCHE

PHOTOGRAPHIES (Hors-série luxe)

Aux Éditions de Minuit

L'IMAGE FANTÔME

LES AVENTURES SINGULIÈRES

LES CHIENS

VOYAGE AVEC DEUX ENFANTS

LES LUBIES D'ARTHUR

LES GANGSTERS

FOU DE VINCENT

Aux Éditions du Seuil

MON VALET ET MOI (Points-romans 563)

CYTOMÉGALOVIRUS

Aux Éditions Jacques Bertoin

VICE

Aux Éditions Régine Deforges

LA MORT PROPAGANDE

Aux Éditions Actes Sud

LETTRES D'ÉGYPTE (photographies de Hans-Georg Berger)

Aux Éditions William Blake

L'IMAGE DE SOI (photographies de Hans-Georg Berger)

COLLECTION FOLIO

Dernières parutions

2834.	Michel del Castillo	*Rue des Archives.*
2835.	Pierre Drieu la Rochelle	*Une femme à sa fenêtre.*
2836.	Joseph Kesel	*Dames de Californie.*
2837.	Patrick Mosconi	*La nuit apache.*
2838.	Marguerite Yourcenar	*Conte bleu.*
2839.	Pascal Quignard	*Le sexe et l'effroi.*
2840.	Guy de Maupassant	*L'inutile beauté.*
2841.	Kôbô Abe	*Rendez-vous secret.*
2842.	Nicolas Bouvier	*Le poisson-scorpion.*
2843.	Patrick Chamoiseau	*Chemin-d'école.*
2844.	Patrick Chamoiseau	*Antan d'enfance.*
2845.	Philippe Djian	*Assassins.*
2846.	Lawrence Durrell	*Le carrousel sicilien.*
2847.	Jean-Marie Laclavetine	*Le Rouge et le Blanc.*
2848.	D.H. Lawrence	*Kangourou.*
2849.	Francine Prose	*Les petits miracles.*
2850.	Jean-Jacques Sempé	*Insondables mystères.*
2851.	Béatrix Beck	*Accommodements avec le ciel.*
2852.	Herman Melville	*Moby Dick.*
2853.	Jean-Claude Brisville	*Beaumarchais, l'insolent.*
2854.	James Baldwin	*Face à l'homme blanc.*
2855.	James Baldwin	*La prochaine fois, le feu.*
2856.	W. R. Burnett	*Rien dans les manches.*
2857.	Michel Déon	*Un déjeuner de soleil.*
2858.	Michel Déon	*Le jeune homme vert.*
2859.	Philippe Le Guillou	*Le passage de l'Aulne.*
2860.	Claude Brami	*Mon amie d'enfance.*
2861.	Serge Brussolo	*La moisson d'hiver.*
2862.	René de Ceccatty	*L'accompagnement.*
2863.	Jerome Charyn	*Les filles de Maria.*
2864.	Paule Constant	*La fille du Gobernator.*
2865.	Didier Daeninckx	*Un château en Bohême.*
2866.	Christian Giudicelli	*Quartiers d'Italie.*
2867.	Isabelle Jarry	*L'archange perdu.*
2868.	Marie Nimier	*La caresse.*
2869.	Arto Paasilinna	*La forêt des renards pendus.*
2870.	Jorge Semprun	*L'écriture ou la vie.*
2871.	Tito Topin	*Piano barjo.*
2872.	Michel Del Castillo	*Tanguy.*
2873.	Huysmans	*En route.*

2874. James M. Cain — *Le bluffeur*
2875. Réjean Ducharme — *Va savoir.*
2876. Matthieu Lindon — *Champion du monde.*
2877. Robert Littell — *Le sphinx de Sibérie.*
2878. Claude Roy — *Les rencontres des jours 1992-1993.*
2879. Danièle Sallenave — *Les trois minutes du diable.*
2880. Philippe Sollers — *La guerre du goût.*
2881. Michel Tournier — *Le pied de la lettre.*
2882. Michel Tournier — *Le miroir des idées.*
2883. Andreï Makine — *La confession d'un porte-drapeau déchu.*
2884. Andreï Makine — *La fille d'un héros de l'Union Soviétique*
2885. Andreï Makine — *Au temps du fleuve Amour.*
2886. John Updike — *La parfaite épouse.*
2887. Defoe — *Robinson Crusoé.*
2888. Philippe Beaussant — *L'archéologue.*
2889. Pierre Bergounioux — *Miette.*
2890. Pierre Fleutiaux — *Allons-nous être heureux ?*
2891. Remo Forlani — *La déglingue*
2892. Joe Gores — *Inconnue au bataillon*
2893. Félicien Marceau — *Les ingénus*
2894. Ian McEwan — *Les chiens noirs*
2895. Pierre Michon — *Vies minuscules*
2896. Susan Minot — *La vie secrète de Lilian Eliot*
2897. Orhan Pamuk — *Le livre noir*
2898. William Styron — *Un matin de Virginie*
2899. Claudine Vegh — *Je ne lui ai pas dit au revoir*
2900. Robert Walser — *Le brigand*
2901. Grimm — *Nouveaux contes*
2902. Chrétien de Troyes — *Lancelot ou le chevalier de la charrette*
2903. Herman Melville — *Bartleby, le scribe*
2904. Jerome Charyn — *Isaac le mystérieux*
2905. Guy Debord — *Commentaires sur la société du spectacle*
2906. Guy Debord — *Potlatch.*
2907. Karen Blixen — *Les chevaux fantômes et autres contes.*

2908.	Emmanuel Carrère	*La classe de neige.*
2909.	James Crumley	*Un pour marquer la cadence.*
2910.	Anne Cuneo	*Le trajet d'une rivière.*
2911.	John Dos Passos	*L'initiation d'un homme.*
2912.	Alexandre Jardin	*L'île des Gauchers.*
2913.	Jean Rolin	*Zones.*
2914.	Jorge Semprun	*L'Algarabie.*
2915.	Junichirô Tanizaki	*Le chat, son maître et ses deux maîtresses.*
2916.	Bernard Tirtiaux	*Les sept couleurs du vent.*
2917.	H.G. Wells	*L'île du docteur Moreau.*
2918.	Alphonse Daudet	*Tartarin sur les Alpes.*
2919.	Albert Camus	*Discours de Suède.*
2921.	Chester Himes	*Regrets sans repentir.*
2922.	Paula Jacques	*La descente au paradis.*
2923.	Sibylle Lacan	*Un père.*
2924.	Kenzaburô Oé	*Une existence tranquille.*
2925.	Jean-Noël Pancrazi	*Madame Arnoul.*
2926.	Ernest Pépin	*L'Homme-au-Bâton.*
2927.	Antoine de St-Exupéry	*Lettres à sa mère.*
2928.	Mario Vargas Llosa	*Le poisson dans l'eau.*
2929.	Arthur de Gobineau	*Les Pléiades.*
2930.	Alex Abella	*Le massacre des saints.*
2932.	Thomas Bernhard	*Oui.*
2933.	Gérard Macé	*Le dernier des Égyptiens.*
2934.	Andreï Makine	*Le testament français.*
2935.	N. Scott Momaday	*Le chemin de la montagne de pluie.*
2936.	Maurice Rheims	*Les forêts d'argent.*
2937.	Philip Roth	*Opération Shylock.*
2938.	Philippe Sollers	*Le Cavalier du Louvre. Vivant Denon.*
2939.	Giovanni Verga	*Les Malavoglia.*
2941.	Christophe Bourdin	*Le fil.*
2942.	Guy de Maupassant	*Yvette.*
2943.	Simone de Beauvoir	*L'Amérique.*
2944.	Victor Hugo	*Choses vues I.*
2945.	Victor Hugo	*Choses vues II.*
2946.	Carlos Fuentes	*L'oranger.*
2947.	Roger Grenier	*Regardez la neige qui tombe.*

2948.	Charles Juliet	*Lambeaux.*
2949.	J.M.G. Le Clezio	*Voyage à Rodrigues.*
2950.	Pierre Magnan	*La Folie Forcalquier.*
2951.	Amoz Oz	*Toucher l'eau, toucher le vent.*
2952.	Jean-Marie Rouart	*Morny, un voluptueux au pouvoir.*
2953.	Pierre Salinger	*De mémoire.*
2954.	Shi Nai-An	*Au bord de l'eau I.*
2955.	Shi Nai-An	*Au bord de l'eau II.*
2956.	Marivaux	*La Vie de Marianne.*
2957.	Kent Anderson	*Sympathy for the devil.*
2958.	André Malraux	*Espoir – Sierra de Teruel.*
2959.	Christian Bobin	*La folle allure.*
2960.	Nicolas Bréhal	*Le parfait amour.*
2961.	Serge Brussolo	*Hurlemort.*
2962.	Hervé Guibert	*La piqûre d'amour et autres textes.*
2963.	Ernest Hemingway	*Le chaud et le froid.*
2964.	James Joyce	*Finnegans Wake.*
2965.	Gilbert Sinoué	*Le Livre de saphir.*
2966.	Junichirô Tanizaki	*Quatre sœurs.*
2967.	Jeroen Brouwers	*Rouge décanté.*
2968.	Forrest Carter	*Pleure, Geronimo.*
2971.	Didier Daeninckx	*Métropolice.*
2972.	Franz-Olivier Giesbert	*Le vieil homme et la mort.*
2973.	Jean-Marie Laclavetine	*Demain la veille.*
2974.	J.M.G. Le Clézio	*La quarantaine.*
2975.	Régine Pernoud	*Jeanne d'Arc.*
2976.	Pascal Quignard	*Petits traités I.*
2977.	Pascal Quignard	*Petits traités II.*
2978.	Geneviève Brisac	*Les filles.*
2979.	Stendhal	*Promenades dans Rome.*
2980.	Virgile	*Bucoliques Géorgiques.*
2981.	Milan Kundera	*La lenteur.*
2982.	Odon Vallet	*L'affaire Oscar Wilde.*
2983.	Marguerite Yourcenar	*Lettres à ses amis et quelques autres.*
2984.	Vassili Axionov	*Une saga moscovite I.*
2985.	Vassili Axionov	*Une saga moscovite II.*

Composition Nord Compo.
Impression Société Nouvelle Firmin-Didot.
le 17 juin 1997.
Dépôt légal : juin 1997.
1er dépôt légal dans la même collection : avril 1997.
Numéro d'imprimeur : 39172.

ISBN 2-07-040204-5/Imprimé en France.

83264